마산에서 아프리카까지

마산에서 아프리카까지

150일 간의 세계여행 좌충우돌 성장 스토리

박지윤

담다

Seize the day!

2017년 2월, 마산 촌년이 콩알만 한 배짱으로 퉁퉁 부은 눈을 한 채 김해공항 출국 게이트에 섰다. 손에는 편도 티켓만 달랑 쥐어져 있었다. 마음속에는 거대한 기계 속 조그만 나사 같은 삶을 끝내고 싶다는 생각만 가득했다. 긴 대기 시간 끝에 비행기가 이륙하고, 구름 속을 지나갈 때 몇 가지 기억이 몽글몽글 떠올랐다.

20년 남짓한 인생에서 가장 큰 도전이었던 수능을 시원하게 말아먹었다. 흘러가는 시간에 모든 걸 맡긴 채 대학도 전공도 성적에 따라 진학했다. 습관처럼 시험공부를 열심히 하고, 멋져 보이는 선배를 따라 동아리 활동을 했다. 이곳저곳 기웃거렸지만, 취업은 결국 전공을 따랐다. 취직 후에는 통장에 따박따박 들어오는 월급과 칼 같은 출퇴근 시간에 취했다. 내가 누군지에 대한 질문은 까맣게 잊어버리고, '꿈'이라는 단어를 내뱉기에는 너무 멀리 온 것 같았다. 안정적인 궤도를 벗어나 새로운 것에 도전하는 일은 특출난 능력과 재능이 있는 사람들에게나 해당하는 것이라 생각했다.

하지만 누구에게나 정신이 번쩍 드는 순간이 한 번은 찾아온다고 했던가. 퇴근 후 맥주 한 잔이 생각나는 어느 초여름날. 선임의 한마디가 나를 후벼팠다. 묵직하고 날카로웠던 그 한마디에 나는 길거리를 정처 없이 헤맸다. 그 선임을 떠올리며 분노했다

가 자괴감에 빠져들기를 반복하는 동안 머릿속 모든 생각이 단
한 문장으로 귀결되었다.

'출발선을 다시 긋고 싶다.'

언제, 어디서, 어떻게 다시 출발할지, 그리고 무엇을 향해 출발
할지 알 수 없었다. 그 질문에 답하기 전에 먼저 내가 어떤 사람
이 되고 싶었는지, 어떤 꿈을 꾸었는지 순수하던 대학생 시절을
되새겨 보고 싶었다. 그래서 몇 년 전 썼던 오래된 일기장을 펼
쳤다. 그 속에 적힌 한 줄 '세계 여행.'

'오로지 나를 위해, 미친 척 한번 해 보자.'

그 다짐은 아시아와 아프리카를 넘나드는 150일 여정의 출발점
에 나를 세웠다. 순간의 방심으로 하늘이 무너진 것 같았던 베트
남의 북적이는 거리, 일주일을 꼬박 걸으며 떠나온 이유를 알게
되었던 영원의 안나푸르나, 미디어가 만든 파편 너머의 경이로
운 세계. 인도와 아프리카, 메마른 일상 속, 머리 위에서 늘 빛나
고 있는 북극성 같은 그와 그녀가 건넸던 말들.

언제 어디서 돌아오겠다는 기약도 없이 훌쩍 떠나 마주한 세계
는 내 삶의 터닝 포인트가 되었다. 일어나 발표하는 게 싫어 눈

물짓던 소심한 사람이 처음 보는 외국인에게 도움도 청하고, 들러붙는 호객꾼들과 싸우기도 했다. '내가 무슨'이라는 편견에 사로잡혀 있던 사람이 '까짓거 해 보지 뭐' 하며 앞으로 나아가는 사람이 되었다.

무엇보다도 별거 없다고 생각했던 내 삶을 조금 더 아끼고 사랑하게 되었다.

물론, 여행이 끝난 이후로 항상 두근거리는 삶을 살고 있다는 것은 아니다. 여전히 미생이다. 월급은 스쳐 지나갈 뿐이고, 지금 내가 옳은 선택을 하고 있는지 아닌지 늘 헷갈리고 불안하다. 자신만의 길을 따라 담담히 걸어가는 사람들을 보며 나는 제자리를 맴돌고 있는 것 같아 조급해지기도 한다. 하지만 딱 한 가지 확신할 수 있는 것이 있다.

여행 이후,
나 자신을 더 믿게 되었고
그 믿음을 바탕으로 내린 결정들이
내 삶을 더 풍요롭게 만들고 있다.

오로지 나를 위한 삶을 살기 위해 김해공항에서 새로운 출발선을 그었다. 그 뒤, 성적에 맞추어 선택했던 전공을 포기하고 내가 잘하는 것으로 두 번째 직장을 선택했다. 4년간의 전력 질주 끝에 두 번째 브레이크를 걸고, 연고도 없는 대구에서 내가 좋아하고 꿈꿔 왔던 일에 아낌없이 시간을 쓰고 있다.

> "여행은 꼭 무얼 보기 위해 떠나는 게 아니니까.
> 우리가 낯선 세계로 떠남을 동경하는 것은
> 외부에 있는 어떤 것이 아닌,
> 바로 자기 자신에게 더 가까이 다가가기 위함일 테니까."
> • 류시화 •

나의 오랜 꿈이던 이 책이 출간되면 서점 구석 어딘가에서 조용히 있을 테지만, 우연히 이 책을 펼친 누군가에게 이 말을 꼭 건네고 싶다.

"정신이 번쩍 드는 순간이 올 때, 오로지 자신만을 위한 결정을 내려 담대하게 밀고 나가길 바랍니다. 돈도 빽도 특출난 능력도 없는 마산 촌년도 퇴사에 아프리카 배낭여행에 아빠의 혈압을 여러 번 올리기도 했지만, 후회하지 않을 삶을 위해 이렇게 뭐라도 끄적여 봤거든요. 당신은 생각보다 대단하고 멋진 사람이라는 사실을 잊지 마세요."

누군가, 꿈을 잃어버렸다고 할 때 들려주고 싶은 이야기

누군가, 삶의 새로운 챕터를 시작할 자신감이 필요할 때
들려주고 싶은 이야기
누군가, 자신만의 삶을 그려 나갈 용기가 필요할 때
들려주고 싶은 이야기.

마산 촌년의 미얀마에서 아프리카까지 150일간의 방랑기,
지금 시작합니다.

2024년 3월
박지윤

20년 후 당신은,
했던 일보다 하지 않았던 일로 인해
더 실망할 것이다.

그러므로 돛줄을 던져라.
안전한 항구를 떠나 항해하라.
당신의 돛에 무역풍을 가득 담아라.

탐험하라. 꿈꾸라. 발견하라.

· 마크 트웨인 ·

목차

CH 1

우물 안 개구리, 밖으로 나오다

수능을 망쳤다

전교생이 50명뿐인 시골의 중학교에서 줄곧 1, 2등을 했다. 우물 안 개구리라고 늘 말하고 다녔지만 내 실력에 우쭐했던 것이 분명하다. 도시에 나가서도 충분히 잘할 수 있으리라 확신했고, 부모님과 상의한 끝에 도시에 있는 고등학교에 진학했다. 1,000명이 넘는 학생 사이에서 현실을 깨닫기까지 그리 오래 걸리지 않았다.

수학은 아무리 해설지를 봐도 풀이 과정이 이해되지 않았고, 과학은 외계어 같았다. 그나마 좋아하던 과목인 영어는 아득바득 공부해 맘에 드는 성적을 냈다. 하지만 영어 성적만으로는 서울에 있는 대학교는 가당치도 않았다.

도시로 나온 걸 후회하다가 다시 마음잡기를 반복했다. 문득 정신을 차려 보니 수능 날이었다. 1교시 언어 영역에서 바사삭 부서지던 멘탈이 2교시 수리 영역에서는 가루가 되었다. 점심시간에 꺼내든 밥 위로 눈물이 툭 떨어졌다. 데리러 올 엄마에게 무슨 말을 해야 할까? 다 먹지 못하고 절반쯤 남긴 도시락을 주섬주섬 챙기며 다짐했다. 남은 시험이라도 잘 치자. 아직 영어와 사회탐구가 남았다.

"시험 종료합니다. 그동안 수고 많으셨습니다."

시험 종료를 알리는 종소리가 울리고 감독관 선생님의 짧지만 진심이 가득 담긴 말이 들려왔다. 수능이 끝났다는 것이 실감 나지 않았다. 터벅터벅 걸어 수험장 밖으로 나왔다. 차가운 바깥 공기를 한껏 들이쉬고 나니 정문 앞에 빼곡히 서 있는 자동차와 사람들이 보이기 시작했다. 오직 한 가지 생각만 들었다.

'나의 출발선에는 좋은 대학이 없겠구나.'

해피엔딩만 가득할 줄 알았던 내 인생의 첫 번째 실패였다. 수능을 마치고 나오며 바라본 어두운 밤하늘이 마치 나의 미래 같았다. 수능이 끝난 이후에는 별다른 기억이 없다. 하는 일 없이 학교를 왔다 갔다 했고, 매일 같이 누워서 잠만 자고 TV 채널 돌리기를 반복했다. 그러다가 원서 넣는 날이 되었다.

"생각해 둔 대학교나 원하는 과 있니?"
"잘 모르겠어요. 제가 뭘 잘하고 좋아하는지."
"너는 차분하고 꼼꼼하니까 행정 쪽이 잘 맞을 것 같다. 여기 가."

선생님의 손끝을 따라가니 얼핏 들어 본 대학교 이름이 적혀 있었다. 병원행정 관련 학과라 취업에는 문제가 없을 것 같았다.

이 세상에서 병원이 없어질 일은 없을 테니까.

"네, 여기 갈게요."

선생님과 상담을 마치고 집으로 가던 길. 남는 게 시간이니 집까지 걸어갔다. 겨울이었지만 유난히 햇살이 따뜻했다. 하지만 그마저도 나는 온전히 받아들이지 못했다. 실패자가 된 것 같은 느낌에 포근한 날씨도, 재잘재잘 웃으며 걸어가는 사람들의 모습도 보기 싫었다. 바람에 이리저리 휘날리는 길가의 힘 없는 풀쪼가리들이 꼭 내 모습 같았다. 결국 벤치에 털썩 앉아 버렸다.

'나 이제 어떻게 살지?'
'내 인생은 이제 어떻게 될까?'

니까짓 게 무슨 휴간데

"너는 꼼꼼하고 차분하니까 이 학과가 맞을 거야."

학과 공부를 하는 동안 나는 스스로 꼼꼼하고 차분한 사람이라 생각했다. 내가 어떤 사람인지, 뭘 좋아하는지 고민하지 않았다. 취업만 생각하며 학과 공부, 토익, 대외 활동을 착실하게 해 나 갔다. 졸업을 3개월 앞둔 12월 어느 날, 내가 살던 도시에서 꽤 큰 병원의 채용 공고가 보였다. 정규직도 아닌 계약직이었지만 일단 넣고 보자는 생각에 지원서를 넣었다. 무난하게 면접을 보 았는데, 다음 날부터 출근하라고 했다.

'이렇게 쉽게?'

얼떨떨했지만 취업에 대한 걱정을 날려 버렸다는 기쁨에 도취되 었다. 꼬박꼬박 들어오는 월급, 9시 출근 5시 퇴근, 퇴근 후 맥주 한 잔. 모든 것이 완벽했다.

황량하던 가로수가 초록 잎사귀로 싱그러움을 뽐내기 시작하고, 매섭기만 하던 바람에 꽃향기가 실리기 시작한 6월. 모두 나들 이를 간 듯 병원도 한산했다. 선임과 단둘이 있으면서 소소한 잡

담을 주고받았다. 직급이 높은 사람에게는 깍듯하지만 자기보다 아래라고 생각하는 사람에겐 톡톡 쏘는 말로 스트레스를 주던 선임이었다. 선임은 휴가 계획을 이야기하기 시작했다.

"이번 휴가는 7월 말에 가야겠다."
"어디로 가세요?"
"몰라. 아직 아무런 계획 없다."
"그럼 저는 언제 휴가 갈 수 있어요?"
"휴가? 니가? 니까짓 게 무슨 휴간데?"

나를 하찮게 바라보는 눈빛과 한쪽으로 치켜 올라간 입꼬리. 자기가 내뱉는 말이 정당하다는 듯 한껏 옥타브를 올린 목소리. 삶의 방향을 틀어 버린 이 한마디가 부지불식간에 내 마음속에 꽂혔다. 선임은 한껏 상기된 내 표정을 보고서야 말실수를 눈치챘는지 적당한 날짜를 잡아 보라며 서둘러 자리를 떴다. 퇴근하고 잠자리에 누운 순간에도, 아침에 눈을 떴을 때도, 다음 날 일을 할 때도 그 말이 계속 귓가에 윙윙 울렸다. 어지러운 머릿속에 사람 가득한 퇴근길 통근 버스가 구토를 일으킬 만큼 답답하게 느껴졌다. 결국 중간에 내려 한참을 걸었다.

'내가 왜 그런 말을 들어야 하지?'

선임의 한마디는 잔잔한 호수에 큰 파동을 일으켰다. 한 사람에 대한 비난을 넘어 나의 현실에 대해 자각하기 시작했다. 2년짜리 계약직이었지만 긴장감이 없었다. 누군가의 빈자리는 곧바로 다른 사람으로 대체되는 만큼 경쟁력을 키울 수 있는 직군도 아니었다. 유니폼에 박힌 대형 병원의 로고는 허울 좋은 껍데기일 뿐, 그 속에 갇힌 나는 비좁은 껍데기 안에 몸을 욱여넣고 눈을 감고 귀를 막고 있었다.

'나는 어떤 삶을 살고 싶었지?'
'나는 어떤 꿈을 꾸고 있었지?'

집으로 돌아온 나는 대학생 시절 순수한 소망을 꼭꼭 담아 놓았던 노트를 펼쳤다.

• 세계 여행 가기
• 책 쓰기
• 프랑스어 배우기
• 패러글라이딩, 스카이다이빙, 번지점프 하기
• 책 100권 읽기
• 잊지 못할 연애하기

꾹꾹 눌러 쓴 글자들은 시간이 흐른 만큼 옅어져 있었다. 창가

쪽으로 자리를 옮겨 달빛을 비추니 오랜만에 마주한 소망들이 환하게 반짝였다. 침대에 걸터앉은 채 적힌 글자를 한참 바라보았다. 곧 내 마음을 한껏 눌러 담은 한마디가 불쑥 터져 나왔다.

"이렇게 살기 싫다."

달리는 물체를 멈추는 데는 힘이 필요하고, 달리는 방향을 바꾸는 데는 더 큰 힘이 필요하다. 흔들릴지라도, 위험할지라도 나에게는 방향 전환이 절실했다. 20대의 끝자락. 지금 아니면 다시 못할 미친 짓을 해 보기로 했다. 이제껏 경험하지 못한 새로운 곳에서 내가 어떤 사람인지, 어떤 가능성을 가졌는지 확인하고 싶었다. 손가락으로 '세계 여행' 글자를 쓰다듬었다. 이것저것 생각하기 전에 일단 저지르기로 했다.

그날 저녁, 미얀마행 편도 티켓을 끊었다.

돌아오는 티켓은 없었다.

퉁퉁 부은 눈으로 한국을 떠나다

싱그러움 가득한 6월의 어느 밤에 세계 여행을 결심한 이후, 월급에서 30만 원을 제외한 나머지는 모두 적금을 들기 시작했다. 그리고 노트북 화면 가득 세계 지도를 띄워 놓고 아시아에서 남미로, 유럽으로 하늘을 날듯 이동하며 루트를 짜고, 주말에는 서점에 들러 여행책을 구매했다. 차곡차곡 쌓이는 잔고와 책은 지루한 일상을 견디게 해 주는 봄날의 햇살 같았다.

"엄마 아빠, 나 여행 좀 갔다 올게."
"어디로 갈 건데?"
"미얀마에서 시작해서 쭉 돌아보려고."
"뭐라꼬? 미얀마가 어디 붙어 있는 긴데?"
"동남아에 있지."
"거를 니 혼자 어떻게 돌아다닐낀데? 세상 무서운 줄 모르고!"
"다 사람 사는 덴데 뭐. 조심해서 다니면 되지."
"말 좀 들어라. 말 좀. 니는 왜 맨날 하지 말라는 것만 골라서 하노! 그래서 얼마나 갔다 올낀데?"
"언제 어디서 돌아올지는 내도 모르겠다. 5월? 6월?"
"말이가 그게!"

700만 원이 넘는 예금 잔고에 퇴직금을 합쳐 목표 금액을 거의 달성할 때쯤 부모님께 말씀드렸다. 정확히 말하면 통보였다. 엄마는 하고 싶은 것 다 하면서 살라고 응원해 주었지만, 아빠의 혈압은 올라갔다. 나는 나대로 울고불고 드러누웠고, 아빠는 대화를 거부했다. 결국 아빠가 두 손 두 발 다 들었다.

"니 알아서 해라! 고마!"

세계 여행을 떠나는 2월 17일 아침이 밝았다. 뜬눈으로 밤을 지새우고 김해공항으로 출발하던 순간. 무뚝뚝한 여동생과 남동생도 그날만큼은 졸린 눈을 비비며 일어나 잘 다녀오라는 표정으로 나를 바라보았다. 짧은 인사를 나누고 유달리 차갑게 느껴지던 손잡이를 잡아 현관문을 열었다.

우물 안 개구리가 우물 밖으로 점프하는 순간이었다.

여유롭게 도착한 공항에서 엄마와 밥을 먹었다. 두려움인지 설렘인지 모를 감정을 애써 억누르며 덤덤하게 식사를 이어 갔다.

"잘 다녀올 수 있겠제?"

그 말에 나도 모르게 눈물 한 방울이 툭 떨어졌다.

"잘 되겠지, 뭐."

말과는 다르게 연신 휴지로 눈물을 훔쳤고, 어느새 엄마도 눈시울이 붉어졌다. 어영부영 식사를 마치고 출국 게이트로 향했다. 게이트 밖에서 서성이는 엄마에게 인사하고 출국장으로 들어갔다.

20대가 지나기 전에 미친 짓 한번은 괜찮지 않을까 하는 생각으로 시작한 여행. 이제 몇 시간 뒤면 아는 사람 하나 없고 한 번도 들어본 적 없는 나라에 도착한다. '무슨 일이 생기진 않을까? 위험한 순간이 생기면 어떡하지? 한국에 무사히 돌아올 수 있을까?' 떠나는 당일이 되어서야 내 선택의 무게가 느껴졌다. 인터넷에 가득한 세계 여행가들의 환한 표정과 달리 쫄보인 나는 걱정과 불안으로 눈이 퉁퉁 부어 있었다. 오롯이 혼자 마주해야 하는 긴 시간을 앞두고 콩알만 한 내 배짱의 크기가 느껴졌다. 가방에 넣어 두었던 다이어리를 꺼내 한 글자씩 꾹꾹 눌러 적었다.

이 여행의 끝에 뭐가 있을지 모르지만, 이 여행으로 달라지고 싶다. 이 여행이 내가 원하는 모습으로 살아가는 출발점이 되면 좋겠고, 그렇게 만들 것이다.

나를 버리고, 나를 얻어오자.

긴 대기 끝에 올라탄 비행기 안. 두통을 잠재우기 위해 타이레놀 두 알을 입에 털어 넣고 잠을 청하려는데 안내 방송이 흘러나왔다.

"우리 비행기는 곧 김해공항을 출발해….."

진정한 여행은 새로운 풍경을 보는 것이 아니라
새로운 눈을 가지는 데 있다.

· 마르셀 푸르스트 ·

CH 2

가장 큰 대륙, 아시아

나답게 시작하기, 미얀마

깔로, 나답게 시작하기

예쁜 원피스, 가벼운 샌들보다는 발 편한 운동화, 툭 걸친 체크 무늬 남방, 질끈 묶은 머리에 두껍게 바른 선크림이 더 좋은 나였다. 그래서 미얀마 동쪽의 작은 마을 깔로를 첫 여행지로 선택했다. 마을 중심가를 벗어나 흙먼지 폴폴 날리는 길에 트래커를 태운 픽업트럭이 멈춰 섰다. 뜨거운 햇살 아래 1박 2일 트래킹을 시작했다. 건기라 빛바랜 노란색으로 뒤덮인 들판이 걸리 적거리는 고층 빌딩이나 전봇대 하나 없이 드넓게 펼쳐져 있었 다. 수많은 트래커가 밟고 지나간 길은 저 멀리 보이는 산등성 이까지 구불구불 뻗어 있었다. 발걸음을 함께 하는 풀들은 햇살 을 가득 안은 채 태양의 색에 물들어 가고 있었다. 눈을 가득 메 우는 깔로의 금빛 물결에 찬찬히 눈길을 주며 숨을 크게 들이 마셨다. 긴장 속에 하루하루를 사느라 움츠러들었던 어깨를 활 짝 폈다. 무거운 배낭을 메고 있었지만 발걸음은 그 어느 때보 다 가볍고 힘찼다. 일행의 끄트머리에서 걸으며 내 귓가에만 들 릴 정도로 틀어 놓은 김동률의 "출발"이 따가운 햇빛마저 상쾌 하게 바꿔 주었다.

문명의 손아귀에서 벗어난 미얀마의 풍경을 하나하나 눈에 담았 다. 구수한 흙냄새를 머리카락에 매달고 졸졸 흐르는 시냇물 소 리를 따라 걷다 보니 해가 저물었고 첫날 숙소에 도착했다. 가이 드들이 밥을 준비하는 동안 주변을 걸었다. 하루 종일 걸어서 피 곤했지만 방 안에 누워 있기는 싫었다.

운 좋게 주변에 있는 학교를 발견할 수 있었다. 흙으로 덮인 공 터를 중심으로 1층짜리 건물이 세 개 있는 아담한 학교였다. 널 판으로 얼기설기 지어 놓은 듯한 건물이었지만 담 너머에서 들 려오는 아이들의 웃음소리는 밝고 명랑했다.

"밍글라바! 밍글라바!"

교문 밖으로 지나쳐 가려는 나를 향해 개구쟁이 같은 몇몇 아이
가 달려 나왔다. 학교 선생님인 듯한 어른도 들어오라고 손짓하
기에 학교로 들어가 한쪽 구석에 앉았다.

"웨어 아 유 프롬?"
"코리아."
"밍글라바! 지주바!"
"지주바?" 지주바는 처음 듣는 말이었다.
"'사랑해요'라는 뜻이에요!"

처음 보는 외국인에게 건네는 아이들의 순수한 미소가 환하게 빛이 났다. 그 모습을 가만히 보고 있으니 내 마음이 따뜻한 온기로 채워지는 것 같았다.

직장 생활을 하며 성숙한 어른인 척 연기하느라, 감정을 숨기느라 바빴다. 힘들어도 괜찮은 척, 눈물 날 것 같아도 꾸역꾸역 참고 버텼다. 버티는 것만이 방법이라고 생각했다. 가족의 암 선고를 듣고 눈물을 흘리는 보호자 앞에서도 무표정한 얼굴로 휴지를 건네며 내 일을 하던 나였다. 그게 옳다고 생각했다.

'잊고 산 게 많았구나.'

산골 마을의 아이들은 아끼고 숨기는 것 없이 감정을 마음껏 나누어주었다. 처음 보는 낯선 이에게 아이들이 건넨 사랑의 말은 표정을 잃고 오랫동안 잠들어 있던 어른이를 깨웠다. 겹겹이 쌓인 껍데기 속으로 희미한 빛이 비치며 어른이의 눈을 간질였다. 나를 가두고 있던 껍데기가 한 겹 벗겨지는 순간이었다.

"지주바!"

인레 호수, 24시간 중 단 20분이라도

트레킹이 끝나는 곳에서 1시간 정도 보트를 타고 미얀마 호숫가의 소담한 도시 인레에 도착했다. 여행 가이드북에서 나의 눈길을 사로잡은 곳은 우베인 다리와 그곳 어부들이었다. 노을 지는 석양을 뒤로 하고 큰 깔때기 모양의 그물로 낚시하는 모습을 직접 눈에 담고 싶었다. 1박 2일간의 트래킹으로 한껏 뭉친 다리를 이끌고 보트를 대여해 투어를 시작했다. 하지만 가이드북에 나와 있는 낭만적인 이야기와는 달리 노골적인 상품 구매 강요, 불친절한 상인들, 타는 듯한 더위에 얼른 숙소로 돌아가고 싶어 쫓기듯 보트에 올라탔다.

"저기 어부들이야. 낚시하는 거야." 가이드가 가리켰다.

그물을 던졌다 올렸기를 반복하는 어부들의 모습은 가이드북에서 본 모습 그대로였다. 붉은 노을을 배경 삼아 잔잔한 호숫가에서 가족의 생계를 위해, 그리고 자식들의 미래를 위해 물고기를 낚아 올리는 모습을 그냥 멍하니 바라봤다.

너무 기대가 컸던 것일까. 평화로운 분위기는 좋았지만 큰 감흥은 없었다. 결국 20분만 보고 숙소로 돌아왔다. 시원한 에어컨 바람을 쐬면서 누워 하루를 되돌아봤다. 미간을 찌푸리게 하던 기억들 사이로 마음이 평화로웠던 유일한 순간이 생각났다. 다 힘들었는데 호수 위에서 보낸 그 20분을 떠올리니 오늘 하루도 괜찮게 보낸 것 같았다. 텅 빈 공간이 될 뻔했던 2월 어느 날의 일기장이 따뜻하게 채워졌다.

한 발짝 물러서서 바라보면 오늘 하루도 그럭저럭 괜찮은 날이 었다. 모든 날이 좋을 수 없고 모든 순간이 만족스러울 수 없다. 24시간 중에 단 30분이라도 좋은 순간이 있다면, 내 감정을 정리할 수 있는 순간이 있다면, 지치지 않고 오랫동안 감사하며 여행을 이어 갈 수 있을 것 같다.

미얀마의 200원 기차

온종일 돌아다닌 시내를 반나절 정도 벗어나 있기로 했다. 종이
지도와 휴대폰 맵을 뒤져 가며 겨우겨우 도착한 기차역. 길치인
나는 10분이면 갈 거리를 헤매다가 결국 30분 만에 제대로
된 플랫폼을 찾았다. 플랫폼 제대로 찾은 게 어디냐며 200짯
(약 300원)을 내고 양곤 순환열차 티켓을 샀다.

에어컨 없이 창문이 뻥 뚫린 기차에 올라탔다. 올라타자마자 스멀스멀 올라오는 이상한 냄새가 코를 찔렀고, 바닥에는 사람들이 뱉은 붉은 침이 가득했다. 미얀마 사람들이 습관처럼 씹는 담배 꽁야의 흔적이었다. 초록색 나뭇잎에 붉은 물이 나오는 씨앗을 넣고 돌돌 말아 입에 넣고 잘근잘근 씹는다. 그러면 붉은 물이 나오는데, 이것을 바닥에 퉤퉤 뱉는 것이다. 휘둥그레진 눈으로 주위를 둘러보니 남녀노소 할 것 없이 대부분 승객이 오물오물 꽁야를 씹고 있었다. 여행객이 많은 시내에서는 볼 수 없는 광경이었다. 미얀마의 속살을 마주하는 순간이었다.

6차선 도로와 에어컨 빵빵한 카페가 있는 도시 중심지에서 벗어나 20분 정도 달렸을까. 지평선까지 쭉 펼쳐진 밭과 논이 보이고 농번기인 듯 여러 작물이 심겨 있었다. 그 옆으로 나무와 짚으로 얼기설기 지어 놓은 가옥이 보였다. 농사하다가 잠시 쉬는 곳으로 생각했는데, 걸려 있는 옷가지와 사진들이 그곳이 거주지임을 알려 주었다.

'우기에는 저기에서 어떻게 살지?'
'아이들은 원하는 것을 배우면서 살 수 있을까?'
'건강하고 행복할까?'

걱정 가득한 시선을 돌려 주위를 돌아보았다. 행복하지 않을 것 같아 걱정했던 사람들이 바로 내 옆자리에 앉아 있었다. 어떤 대화를 주고받는지 알 수 없지만 그들의 얼굴은 고통과 불행으로 일그러져 있지 않았다. 대화를 나누며 환한 웃음을 짓고 있었다. 내려야 할 역에 도착하자 어른들이 한 손에는 아이들 손을 다른 손에는 물건을 쥐고 서로에게 인사하며 기차에서 내렸다. 어느 나라 어느 도시의 사람들처럼 가족과 함께 이웃과 함께 그들의 삶을 살아가고 있었다. 그런데 내가 지금까지 경험해 온 것으로 그들의 삶에 함부로 잣대를 들이댄 것이다.

엄마 손을 꼭 잡고 말똥말똥 나를 바라보는 여덟 살쯤 되어 보이는 아이와 아까부터 눈이 계속 마주쳤다.

'너도 저 집에 사니?'

가엾게 여기는 나의 시선을 그 아이가 눈치챈 것은 아닐까? 조막만 한 손에 막대사탕을 꼭 쥔 그 아이는 배시시 웃으며 나에게 손을 흔들어 보였다. 그 환한 미소에 오만방자한 여행객은 그렇게 또다시 고개를 떨구었다.

기차는 경적을 울리며 쉬지 않고 달렸다.

그럼에도 불구하고, 베트남

호치민, 그럼에도 불구하고

하노이와 다낭을 거쳐 24시간 슬리핑 버스를 타고 호치민에 도착했다. 구름 한 점 없이 맑은 하늘을 보며 두 손을 높이 뻗어 스트레칭을 했다. 한국을 떠나온 지 한 달이 되어 가고 있었다.

경비를 아끼기 위해 비행기보다 버스를 주로 이용했는데, 별다른 사건 사고 없이 한껏 배낭여행다운 여행을 하고 있어 내심 뿌듯했다.

'계획한 대로 잘되고 있네. 나는 여행 체질인가 보다.'

살짝 더운 날씨였지만 그마저도 따스하게 느껴졌고, 도로를 가득 메우는 오토바이 경적은 군악대의 나팔 소리처럼 들렸다. 볼빨간 사춘기의 "우주를 줄게"를 흥얼거리며 핸드폰 화면에 지도를 띄웠다. 숙소까지는 걸어서 20분 정도. 택시 기사들의 유혹을 가뿐하게 넘기고 씩씩하게 걸어가고 있을 때였다. 핸드폰 지도에 집중하고 있는데 누군가 내 손을 슬며시 잡는 듯한 느낌이 들었다.

"누구…. 아! 안 돼!"

모든 일이 순식간에 일어났다. 소리 없이 뒤에서 다가온 오토바이 운전자가 핸드폰을 낚아채 갔다. 무슨 일이 일어났는지 알아차렸을 때는 이미 그가 내 시야에서 사라지고 난 뒤였다. 미얀마에서부터 찍은 수백 장의 사진을 잃어버렸고, 길 찾기, 각종 예약 및 연락 등 모든 것이 순식간에 불가능해졌다. 근처에 있던 공안들은 나를 도와줄 기색이 전혀 보이지 않았고 여행자보험에서 보상받을 때 필요한 서류만 내밀었다. 제대로 된 CCTV

가 없어서 조사가 어렵다며 슬슬 짜증 내는 그들에게 항변할수록 돌아오는 것은 고압적인 태도뿐이었다. 하늘이 무너져 내리는 것 같았다.

길을 물어물어 도착한 숙소에 들어서자마자 그대로 주저앉아 버렸다. 무섭고 억울하고 화가 나서 눈물이 났다. 어디서부터 잘못된 걸까? 핸드폰을 더 세게 쥐고 있어야 했나? 택시를 탈 걸 그랬나? 몇만 원 아끼자고 버스를 탈 게 아니라 비행기를 타야 했나? 베트남에 오지 말아야 했나? 여행 짐을 싸지 말아야 했나? 꼬리에 꼬리를 물고 이어지는 후회는 나를 잔뜩 움츠러들게 했다.

얼마나 그렇게 있었을까? 문득 고개를 드니 창문에 비치는 햇살이 노랗게 물들어 가고 있었고, 다른 여행객들이 하나둘 입실하기 시작했다. 인사를 건네려던 사람들은 퉁퉁 부은 내 눈을 보고는 눈치를 보며 짐 정리만 한 뒤 슬금슬금 객실을 나갔다. 어떻게 해야 할지 몰라 지푸라기라도 잡는 심정으로 가방을 뒤졌다. 무엇을 찾는지도 모르는 채 모든 짐을 꺼내는데 가장 밑바닥에서 무언가 차가운 게 만져졌다. 전원이 꺼져 있는 공폰이었다.

혹시 모를 일에 대비해 챙겨온 핸드폰을 보는 순간 망설일 틈이 없었다. 거리로 나가 카톡 인증을 받아야 했다. 생전 처음 보는 사람이 상기된 얼굴로 카톡 인증을 해 달라고 하면 도와줄 사람이 얼마나 될까? 내가 부탁받았어도 망설였을 것이다. 그런데 다행히 마음씨 좋은 두 분이 도와줘서 30분 넘는 시도 끝에 인증에 성공할 수 있었다.

기진맥진한 채로 숙소에 돌아온 나는 곧바로 침대에 풀썩 쓰러지며 카카오톡을 열었다. 길게만 느껴지는 보이스톡 연결음이 멈추고 엄마의 목소리가 들렸다. 꾹꾹 참아 온 감정이 파도처럼 밀려들었다. 무기력감과 답답함이 목구멍을 넘어 쏟아져 나왔다.

"엄마, 내 그냥 돌아갈란다. 여행이고 나발이고 다 뭔 소용이고."
"오지 마."
"어?"
"니가 계획한 거 다 하고 들어와."

머릿속이 순간 일시 정지됐다. 당연히 들어오라고 할 줄 알았는데 뜻밖의 대답이었다.

"쓰던 폰이라매. 공인인증서도 있고, 은행 앱도 깔려 있고, 카톡으로 연락도 되잖아. 여행 계속하는 게 어떻노? 하다가 정 힘들면 그때 들어온나."
"지금 말고?"

"니 지금 들어오면 나중에 후회 안 하겠나?"

후회.

당장 한국으로 들어갈 티켓을 구할 방법으로 가득하던 내 머릿속 생각을 와장창 깨뜨린 단어였다. 지금 들어가면 언젠가는 또 집에서 짐 싸고 있을 나였다. 엄마는 덤덤한 목소리로 하루 쉬면서 생각해 보라며 보이스톡을 마무리했다.

일단 차가운 물로 세수했다. 멍하니 앉아 있는데 웰컴 드링크 쿠폰이 보였다. 시원한 맥주라도 마실 생각으로 로비로 내려갔다. 우연히 마주한 한국인 여행객이 내 상황을 듣고는 힘내라며 맥주를 사 주었다. 내 앞에 맥주 한 병을 놓으며 본인이 남아프리카공화국을 여행하다가 납치될 뻔했던 이야기를 들려주었다.

"지금은 그게 엄청 큰일처럼 느껴질 텐데, 나중에 돌아보면 웃으면서 얘기할 에피소드가 되어 있을 거예요. 오히려 이번 일을 계기로 더 조심하면서 다니면 되죠. 그깟 폰, 생각보다 별거 아닐 수도 있어요. 절 봐요. 납치되는 거보단 낫잖아요?"

쿠크다스 같은 나의 멘탈을 단단하게 만들어 준 강인한 엄마의 한마디.

생전 처음 보는 사람의 카톡 인증 요청을 받아 준 사람들의 친절.
한 잔의 맥주에 담긴 낯선 이의 위로와 조언.
언제 넣었는지 기억도 나지 않는 공폰.

네 개의 점이 어느 한 날 한 공간에 모였다. 객기라는 미명으로
툭 끊길 뻔했던 나의 세계 여행에 그 네 가지 요소가 징검다리가
되어 주었다. 내가 좋아하는 접속사 '그럼에도 불구하고'를 눈
앞에서 확인하는 순간이었다. 앞쪽에 놓였던 문이 육중한 소리
를 내며 닫혔지만, 동시에 등 뒤쪽에 있는 문이 열렸다. 나는 몸
을 돌려 새로운 곳으로 발걸음을 옮겼다.

앙코르와트 말고, 캄보디아

킬링필드

캄보디아의 3월 무더위는 1분만 서 있어도 어질어질해질 정도
였다. 차가웠던 생수병이 금세 미지근해졌고, 한낮의 도로는 텅
비어 있었다. 웬만한 거리는 걸어 다니는 것이 나의 여행 철칙이
었지만 빨갛게 익어 가는 정수리와 아지랑이 피어오르는 거리를
보고 있자니 눈앞이 아득해졌다.

'오늘 저녁을 굶더라도 툭툭(택시보다 저렴한 현지 교통수단)
을 타자.'

실랑이를 할 힘도 없어 적당한 선에서 왕복 요금을 합의하고 올라탄 툭툭. 뒷자리에 앉아 불어오는 한증막 바람을 맞으며 킬링필드로 갔다.

"저 금방 보고 나올게요."
"금방 못 나올걸?"

더운 나라 사람의 쿨한 뒷모습이 이렇게 낯설 수가. 툭툭 기사들이 삼삼오오 모여 있는 곳으로 가며 그가 말했다.

"천천히 보고 와요."

얼른 보고 숙소로 돌아가 찬물을 끼얹고 싶다는 생각밖에 없었다. 표를 끊고 해설이 담긴 테이프를 빌렸다. 처음 발을 들인 건물은 고문실이었다.

햇살이 한 줄기도 들지 않아 서늘한 기운이 가득했다. 회색 콘크리트 벽에는 수많은 사진이 걸려 있고, 방 안에는 침대 하나가 덩그러니 남겨져 있었다. 겨우 몇 걸음 들어왔을 뿐인데 공기가 한층 무거워졌고, 해설용 테이프를 듣는 여행객들의 얼굴은 충격으로 일그러져 있었다. 나도 오디오 가이드의 시작 버튼을 눌렀다.

벽에 걸린 사진들은 고문 장면이었고 침대는 고문 기구였다. 귓가에 울리는 가이드의 음성은 믿고 싶지 않은 이야기를 계속 들려주었다.

"캄보디아는 우리나라의 군부 독재 시절과 비슷하게 피로 물든 역사가 있습니다. 폴 포트라는 독재자가 나라를 재정비한다는 목적으로 국민의 약 4분의 1을 학살한 사건이 있었죠. 손이 곱고 피부가 하얀색이면 노동을 하지 않는다는 이유로 죽이고, 안경을 꼈으면 지식인이라는 이유로 죽이고, 외국어를 구사할 수 있으면 반역을 꾀한다는 이유로 죽였습니다."

회색 콘크리트 벽으로 이어진 건물에서 눈으로 귀로 무언가를 보고 듣는 매 순간이 충격과 공포였다. 누군가의 평범한 이웃이고 가족이었을 사진 속 사람들의 절규가 들리는 듯했다. 그 순간의 비명을 기억하고 있을 침대의 울긋불긋한 흔적에 차마 눈길을 줄 수 없었다. 수십 장의 사진 끝에 있는 폴 포트의 사진. 대국민 학살의 주동자 앞에 발걸음을 멈추었다. 영향력 있는 한 개인의 올바르지 못한 생각이 수많은 국민을 학살의 공포로 밀어넣었고, 인류 역사에 큰 오점을 남겼다. 무미건조한 그의 얼굴은 사랑도 희망도 기대도 없는 빈 껍데기 같았다.

고문실 끝에 다다르자 야외 보존 구역으로 이어지는 길이 나타

났다. 아른거리는 폴 포트의 얼굴을 지우기 위해 고개를 흔들었
지만 무의미했다. 거대한 나무 앞에서 흘러나오는 가이드 음성
은 이렇게 말하고 있었다.

"아이들에게는 날카로운 가시가 삐죽삐죽 나와 있는 나무줄기
를 휘둘러 죽였습니다. 놀랍게도 이 일은 1970년대에 일어났습
니다. 그렇게 억울한 죽음을 당한 사람들의 유골과 옷가지들이
지금도 대학살 장소인 킬링필드 곳곳에서 비가 오면 흙에 씻겨
발견되고 있습니다."

한참을 멍하니 서 있었다. 더위를 먹은 건지, 충격을 받은 건지 할머니 한 분이 주저앉으셨다. 남아 있는 물을 건네고 조용히 킬링필드 밖으로 나왔다.

"잘 봤어?"
"아차, 저 얼마나 걸렸죠?"
"거의 다 오래 걸려."

복잡한 표정의 외국인을 보는 그의 얼굴에는 오래 기다렸을 지루함과 성가심은 없었다.

킬링필드에서 나와 프놈펜의 강가를 따라 천천히 걸었다. 계단에 걸터앉아 50년 전 사람들이 그렇게 갈망하던 평범한 자유를 바라보았다. 노을에 붉게 물든 하늘과 마지막 햇살이 뿌린 윤슬이 파도 위에서 넘실대고 있었다. 뜨거운 햇살을 피해 숨어 들었던 고양이도 강아지도 그리고 사람들도 산책을 나왔다. 샛노란 옷을 입고 뒤뚱뒤뚱 걷던 아기는 엄마의 품으로 뛰어들었고, 연인들은 행복한 한때를 사진으로 남기고 있었다.

나의 여행은 맛있는 것을 먹고 좋은 것을 보고 이쁜 사진을 찍는 것이 전부였다. 미로 같은 앙코르와트를 헤매며 남들 다 오는 관광지에 발 도장을 찍었다는 것에 만족하고 있었다.

어쩌면 캄보디아를 그저 유명한 유적지가 있는 나라로 기억하
며, 사람들과 대화하는 중에 '나 앙코르와트 가 봤어' 하는 것
으로 끝났을지도 모른다. 하지만 그게 전부가 아니라는 생각이
들었다.

멋진 풍경에 감동받고 재미난 일에 웃음꽃 피는 일도 없던 하루
가 저물어 가던 순간. 뒤뚱뒤뚱 걷는 아기의 웃음소리와 아련하
게 들려오는 50년 전 아기의 울음소리가 뒤섞여 머릿속을 가득
채웠다. 무거워진 마음 한구석에서 내가 살아가는 세상에 대한
책임감이 한 뼘 자라나고 있었다.

여행을 떠난 이유, 네팔

네팔 공항의 이름 모를 여인

동남아 일주가 끝날 즈음, 머릿속에 고민이 쌓이기 시작했다. 출국하기 전 우연히 보게 된 네팔 히밀라야 트래킹. 한국을 떠난 이후로 계속 고민하다가 지금 아니면 언제 해 보겠냐는 생각으로 결단을 내리고 부모님께 연락했다.

"엄마. 나 히말라야 갈 거야."
"뭐? 동네 뒷산도 안 가는 애가 무슨?" 맞는 말이라 딱히 대꾸할 말이 생각나지 않았다.
"그런 데를 뭐 하러 가노! 빨리 들어온나!" 아빠의 샤우팅이 들려왔다.
"이미 다 예약했는데…. 동행도 구해서 가야 하는데…."
"고마 집에 들어오지 말고 거서 살아라!"

귀국해서 한꺼번에 혼나자 마음먹고 네팔로 이동하기 위해 짐을 쌌다. 모든 것이 순조롭게 정리되는 듯했다. 하지만 히말라야의 나라에 도착하자마자 복병이 기다리고 있었다. 카드로 비자 비용을 내려고 했는데 'Only Cash' 글자가 대문짝만하게 적혀 있었다. 한국인이 있으면 염치 불구하고 도움을 요청하려 했는데 그마저도 보이지 않았다. 외국인만 가득한 공항. 가뜩이나 내성적인 나는 발만 동동 굴리고 있었다.

'일단 아무나 붙잡고 부탁해 봐야지 어쩌겠노. 히말라야 봐야지.'

앞에 있는 외국인에게 말을 걸었다.

"죄송한데요, 달러 좀 빌릴 수 있을까요? 여기 나가서 ATM에서 바로 출금해서 드릴게요!"
"그렇구나. 여기 15달러. 이건 당신을 위한 선물이에요."
"네? 아니요, 아니요. 여기서 나가자마자 드릴게요!"
"Enjoy your trip."

쪼끄만 여행객이 붉게 상기된 얼굴로 부탁하니 불쌍해 보였나. 그녀는 세상 무해한 미소로 달러를 선뜻 건네더니 나보다 수속을 먼저 마치고 총총 사라졌다. 그녀가 남기고 간 지폐에 따뜻한 온기가 가득했다. 내 마음속에 이 순간이 온전히 담기길 바라며 두 손으로 지폐를 꼬옥 움켜쥐었다. 히말라야를 닮은 순수한 그녀의 마음이 손끝에서부터 스며들어 왔다. 닿을 수 없는 말이지만 다시 한번 감사 인사를 전하고 싶다.

"당신에게 늘 신의 가호가 있기를!"

트레킹 전야제

사람, 가축, 곡식이 한데 어우러진 버스를 타고 8시간 넘게 비포장도로를 달렸다. 버스 뒤편에서 염소들 우는 소리가 들리고, 버스 안은 곡식에 묻은 흙냄새로 가득했다. 90도로 세워진 의자는 어떻게 앉아도 불편했고, 마스크를 뚫고 들어오는 흙먼지와 군데군데 보이는 손가락만 한 벌레까지. 그야말로 대환장 조합이었다.

허리가 끊어지기 일보 직전, 드디어 포카라에 도착했다. 커다란 호수가 마을 전체를 호위하듯 감싸고 있었고, 호수에 반사된 하늘은 눈부시게 푸르렀다. 하늘에는 패러글라이딩하는 사람들이 히말라야를 배경 삼아 독수리처럼 날고 있었다. 매캐한 매연도 없고, 짙게 흩날리는 흙먼지도 없었다. 그리고 즐비한 등산용품 가게들을 보니 코 앞으로 다가온 히말라야 영접이 실감되었다.

20분 정도 걸어 게스트하우스에 도착했다. 동행과 가이드를 만나 간단하게 인사를 나눈 뒤 몸을 뉘었다. 다음 여행지인 인도를 방문하기 위해 e-비자를 낑낑거리며 겨우 신청한 다음 장시간 이동에 지친 나는 그대로 잠에 빠져들었다. 이때는 몰랐다.

힘들게 신청한 e-비자가 어떤 파란을 몰고 올 것인지.

안나푸르나를 위한 여정

트래킹을 시작하는 날 아침. 동행이 빌린 지프를 타고 시작점으로 이동했다. 거짓말 조금 보태 내 키만 한 바퀴가 달린 지프는 쌩쌩 달리더니 어느 지점에서 멈춰 섰다. 이제 진짜 트래킹이 시작되는 거다.

가이드에게 짐을 조금 맡기고 나머지는 내가 짊어졌다. 그는 이 짐의 무게가 '자신이 감당해야 하는 삶의 무게'라고 했다. 포기

하지 못한 것이 많은 사람은 그만큼의 무게를 견뎌야 했다. 꽤 묵직한 가방을 메고 가이드를 따라 걸어 올라갔다. 날씨가 급변하는 산이기에 맑을 때 최대한 많이 이동해야 했다. 덥다가도 춥고, 춥다가도 덥고. 옷을 입었다 벗기를 몇 차례 반복하다가 시간을 봤는데, 겨우 2시간 지나 있었다. 목을 축이며 혼자 생각에 잠겼다.

'이렇게 일주일은 더 걸어야 하는데, 나 잘할 수 있겠지? 객기로 끝나지는 않겠지?'

가이드가 내 마음을 귀신같이 읽어 냈다.

"이제 시작이야. 히말라야인데 이 정도 각오는 했어야지. 흔들리면 안 돼."

동행도 찔렸는지 키득키득 웃었다.

"중간에 하산하는 사람 본 적 있어?"
"없어. 할아버지 할머니도 올라가."

가이드는 내 말을 단칼에 잘랐다.
가이드를 잘 만난 것 같았다.

조금씩 흐려지던 날씨가 점심때를 지나니 안개가 사방을 뒤덮기 시작했다. 하루를 마무리하라는 산의 신호였다. 샤워하고 나오니 안개가 조금 걷혀 빼꼼히 솟은 만년설이 눈에 들어왔다. 따뜻한 밀크티를 손에 쥐고 타닥타닥 타들어 가는 장작 소리에 마음을 기울였다. 트래커들이 난로 근처에 걸어 놓은 알록달록 양말들이 귀여웠고, 삼삼오오 모여 두런두런 이야기 나누는 소리가 평화로웠다. 세상과 멀리 떨어진 공중 정원에서 고단함을 녹이는 순간이었다.

저녁 8시에 숙소 불이 꺼지고 칠흑 같은 어둠이 사방을 둘러쌌다. 보이는 것이라고 별뿐이었다. 세상 모든 별이 한자리에 모인 듯 두 눈 가득 들어오는 은하수를 멍하니 바라보았다. 2017년 3월 우리나라에서는 현직 대통령이 탄핵되는 역사적인 대변혁이 일어났고, 카톡방에는 친구들의 직장 스트레스 이야기가 가득했다. 세상에서 한 걸음 벗어나 있자니 새로운 세계에 대한 두근거림도 있지만, 다시 돌아갈 세상에 대한 두려움도 피어올랐다.

"나 지금 잘하고 있는 걸까?"

사실 이 여행의 끝에는 경력도 연봉 상승도 승진도 없다.
"나는 뭘 위해 여행을 떠났을까?"

무수히 반짝이는 별은 내 눈을 적실 뿐 어떤 대답도 주지 않았다. 복잡한 머릿속이 정리되지 않아 한참을 뒤척이다가 겨우 잠이 들었다. 다음 날 찾아온 근육통과 물집은 7일 동안 나를 따라다녔다. 가장 악명 높은 수백 개의 계단이 있는 촘롱 구간을 기어가듯이 올라가고 저녁이면 살을 에는 추위에 벌벌 떨었지만, 그보다 더 나를 힘들게 했던 건 답이 없는 머릿속 질문이었다.

7일간의 강행군 끝에 드디어 안나푸르나를 마주하는 아침이 밝았다. 추위는 더 심해졌고, 고산병으로 눈이 조금씩 아파 오고 두통도 생겼다. 머리 위에서는 구조 헬기가 왔다 갔다 하고 팔 깁스를 하고서 하산하는 등산객도 보였다. 가장 조심해야 하는 순간이었다. 아이젠을 신발에 단단히 채우고 옷도 따뜻하게 입었다.

"2시간만 걸어가면 돼. 최대한 천천히 갈 거야."

눈이 가득 쌓인 언덕을 건너고, 높아지는 안압을 진정시키기 위해 규칙적으로 쉬었다. 지난 7일보다 더 길게 느껴졌던 2시간, 마침내 안나푸르나를 마주했다.

광활하게 펼쳐진 설원 위에 안나푸르나의 장엄한 위용이 드러났다. 티끌 한 점 없이 푸르른 하늘을 가장 가까운 곳에서 마주하며 안

나푸르나는 인고의 시간을 견딘 인간들을 품어 주고 있었다. 시
간도 멈추고 바람도 멈추고 모든 것이 영원에 수렴하는 태고의
장소. 아우성치던 관절과 근육들도 일순간에 조용해졌고, 헐떡
이던 숨도 잠잠해졌다. 눈에 담긴 비현실적인 장관에 호흡마저
멈추는 듯했다. 아무 소리도 들리지 않는 완벽한 고요함.

아무 소리도 들리지 않았는데 왜 완벽하게 느껴졌을까. 어지러
운 소음으로 가득한 세상에서 벗어나 영원으로 향하는 인간의
발걸음. 오로지 신경 써야 할 게 있다면 앞으로 나아가는 나의
발걸음뿐이었다. 주위의 시선, 타인의 평가, 과거에 대한 후회
가 아니었다. 그저 안나푸르나의 품 안에서 나에게 집중할 뿐이
었다.

여행을 시작할 때부터 줄곧 나를 따라다니던 상념이 있었다.

'잘한 선택일까? 철없는 선택이 아니었을까?'
'도망치듯 여행을 떠난 게 아닐까? 뭘 위해 여행을 시작했을까?'

집을 떠난 지 한 달. 안나푸르나 앞에서 그 상념에 답할 수 있었다.

"현실에서 도망쳐 온 것이 아니라 나만의 삶을 만들어 가기 위해
나를 공부하고 있는 거야."

여행이 끝나는 순간 내가 어떤 모습을 하고 있을지 잘 모른다. 하지만 불가능해 보이던 것들을 하나씩 이루면서 "해 보니까 되네!"를 배워 가고 있었다. '안나푸르나 트래킹도 성공했는데 뭔들 못 할까!' 포기하고 싶은 순간에 앞으로 다시 나아갈 자신감도 얻었다. 나를 묶어 두던 "내가 무슨?"이라는 무의식이 깨지며 나의 세계가 넓어지고 있었다.

안나푸르나에 머무는 며칠 동안 연락이 안 되어서 걱정이 많았던 아빠는 또 한 번의 샤우팅을 했다. 나는 가만히 군말 없이 듣고 있었다. 그런 나에게 엄마가 슬쩍 얘기해 주었다. 동창회에 가서 아빠가 이렇게 말했다고.

"느그 딸은 히말라야 가 봤나?"

airport only visa의 파국,
나를 살린 네팔리와 인디안

네팔의 야간버스

히말라야 트래킹을 마무리하고 인도로 이동하는 날. 비용이 싼 육로로 이동하기 위해 꼬박 하루를 달려 네팔의 국경 마을에 도착했다. 해가 뉘엿뉘엿 기울고 있었고, 인도 바라나시로 가는 기차를 타기 위해 서둘러 검문소로 들어갔다. 그리고 파국이 시작됐다.

"e-visa 발급받았네? 그럼 못 넘어가."
"뭔 소리고?"
"e-visa는 비행기로만 이동할 수 있어."

그제야 'airplane only visa'라는 글자가 눈에 보였다. 눈앞이 캄캄해진다는 게 무슨 말인지 알 것 같았다. 몇 걸음만 내디디면 인도인데 다시 카트만두로 돌아가야 하는 상황이었다.

눈물이 날 것 같았다. 전혀 예상치 못한 전개에 머릿속은 아비규환이었다. 다시 8~9시간 동안 버스를 타고 덜컹거리는 길을 가면서 겪을 피곤함, 야간버스에서 혹시 일어날지도 모르는 사건 사고에 대한 두려움, 안일한 생각으로 귀중한 하루를 날려 버린 나 자신에 대한 원망이 뒤섞였다. 망연자실해서 길가에서 걸터 앉아 있다가 무심코 호주머니에 손을 넣었다. 빳빳한 지폐와 동전 몇 개. 기념으로 남기려 했던 네팔 루피가 만져졌다.

"다 쓴 줄 알았는데 버스 티켓 값은 되겠다. 뭐 우짜겠노. 내 잘 못이지."

망연자실하고 있을 시간이 없었다. 땅거미 지는 시간이었기에 서둘러 버스 티켓을 구매하고 카트만두로 돌아가는 버스에 몸을 실었다. 외국인은 달랑 나 혼자였고 모두 현지인이었다. 마구 흔들리는 버스 안에서 제 키만 한 가방을 꼭 끌어안고는 잠든 현지인 사이에서 눈을 부릅뜨고 있었다. 정신을 바짝 차려야 한다는 생각에 잠은 전혀 오지 않았고 그냥 무사히 도착하게만 해 달라고 마음속으로 빌었다. 옆자리 앉은 현지인이 나를 흘끗 흘끗 볼 때면 손으로 핸드폰을 꽉 쥐었다. 눈꺼풀이 감기다가도 머리털 나고 처음 본 주먹만 한 바퀴벌레에 잠이 싹 달아나고 절로 엄마 소리가 났다.

다행히 버스는 고장 없이 밤새 달려 중간 휴게소에 멈춰 섰다. 화장실에 가고 싶다는 생각도 들지 않을 정도로 바짝 긴장한 나는 자리에 망부석처럼 앉아 있었다. 사람들은 나를 흘끔 쳐다보면서 휴게소에 내렸다. 소란스러운 분위기가 이어지고 나는 한숨을 푹 내쉬며 창밖으로 고개를 돌렸다.

"이거 먹을래?"

내 옆자리에 앉아 있던 사람이었다. 이게 뭐야 하는 나의 표정에 그는 옅게 웃으며 물과 과자를 내밀었다. 받아 들고 보니 물은 입구 부분이 개봉된 적 없는 새것이었다. 네팔 말을 이해할 순 없었지만 그의 표정에서 바짝 긴장한 외국인을 걱정하는 눈빛은 읽을 수 있었다. 나는 고맙다고 말하며 조심스럽게 물을 한 모금 마셨다. 속속들이 자리로 복귀한 사람들은 내가 긴장 풀린 얼굴을 하고 있으니 한두 명씩 말을 걸기 시작했다.

"어디에서 왔어?"
"우리 딸도 한국에 있는데."
"나 현대에서 일한 적 있어."

울상으로 혼자 버스를 탄 외국인이 신경 쓰였던 그들은 손짓 발짓으로 내 긴장을 풀어 주기 위해 노력했다. 완벽하게 서로의 말을 이해하며 대화하기는 어려웠지만 그들의 진심은 충분히 느낄 수 있었다. 비자를 잘못 발급받아 다시 카트만두로 갔다가 인도로 넘어가야 하는 상황을 설명하니 모두 진심으로 안

타까워했다.

휴식을 마치고 돌아온 버스 기사의 안내에 우리의 대화는 멈추었다. 각자 자리로 돌아가자 버스가 다시 달리기 시작했다. 여전히 덜컹거리고 어두웠지만 더는 무섭지도 불안하지도 않았다. 내 눈에는 사람들의 환한 웃음이, 내 손에는 옆자리 청년이 건네준 배려가, 마음속에는 감사함이 가득했다. 어슴푸레 밝아 오는 새벽녘, 버스 정류장에서 안나푸르나에 쌓인 눈만큼이나 투명하고 맑은 그들의 눈을 보며 인사를 건넸다.

"Good luck! 나마스떼!"

뉴스에 나오는 인도가 전부는 아니더라고요

네팔에서 출발해 인도의 뉴델리를 경유, 바라나시로 가는 비행기를 탔다. 연착에 연착을 견디고 겨우 탑승한 비행기. 저가 항공이라 물도 돈 내고 사 마셔야 했다. 주머니에는 고작 네팔 루피 동전만 짤랑거릴 뿐이었기에 고픈 배를 부여잡고 잠을 청하는 수밖에 없었다.

하지만 달콤한 커피 향기에 나의 위장은 요동치고, 밤에 바라나시 공항에서 여행자의 거리까지 어떻게 이동할지 고민해야 하는 나에게 잠은 사치였다. 인도는 성범죄 발생률이 세계 최고다. 여자 혼자 릭샤나 택시를 타면 몸을 만지는 등 성추행이 빈번하고, 저렴한 가격을 내세우는 운전기사는 목적지가 아닌 으슥한 곳으로 데려가는 경우도 많다고 했다. 배는 고프고, 머리는 지끈지끈, 몸은 천근만근, 컨디션이 최악이었다.

"커피 마실래?"

굉장히 가까이에서 들려온 소리에 눈을 뜨니 옆자리에 앉은 한 여성이 나를 보며 말하고 있었다. 내 배에서 나는 꼬르륵 소리를 들은 걸까?

"나 네팔 루피밖에 없어."
"괜찮아. 내가 사 줄게."
"아냐. 공항에서 사 먹으면 돼."
"너의 인도 여행이 즐겁길 바라."

그녀는 승무원이 막 가져다준 따뜻한 카푸치노 한 잔을 내 트레이에 놓아 주었다. 그녀는 인도의 한 대학에 다니는 대학생이었고 한국에 관심이 많았다. 한국 음식, 한국 여행지, 심지어 북한에 대해서도 알고 있었다. 서로의 나라에 관해 이야기를 주고받다 보니 시간이 훌쩍 지났고, 창문 밖으로 바라나시 공항이 보이기 시작했다. 비행기에서 내려 짐을 찾아 나온 나에게 그녀가 물었다.

"바라나시 시내에는 어떻게 갈 거야?"
"릭샤나 택시를 타야겠지? 혹시 얼마나 나올까? 이 돈으로 될까?"
"내 친구가 데리러 왔는데. 같이 타고 가자."

내 손에는 ATM에서 뽑은 5만 원 정도의 고액권이 들려 있었다. 글로벌 호구가 되기 딱 좋은 상황이었다. 차를 얻어 탄다면 글로벌 호구는 안 되겠지만 글로벌 민폐가 될 것 같아 거절하려고 했다.

"내가 아까 말했잖아. 밤에 여자 혼자 릭샤나 택시를 타는 건 너무 위험해."

단호한 그녀의 표정과 어둠이 내린 거리를 번갈아 보니 무서운
내용 가득한 뉴스 기사가 떠올랐고, 결국 차를 얻어 타게 되었
다. 릭샤, 오토바이, 차량이 중앙분리선 없이 한데 뒤섞인 거리
를 얼마나 달렸을까? 시내가 가까워지자 교통 체증이 심해졌고,
차는 도통 움직일 기미가 보이지 않았다. 시간이 지체되자 나는
슬슬 눈치가 보이기 시작했다. 이제 여행자의 거리도 가까워졌
으니 내리겠다고 했다. 한사코 나를 말리던 그녀는 300루피를
내 손에 쥐여 주었다.

"고액권 내면 절대 거스름돈 못 돌려받을 거야."

그녀가 쥐여 준 인도 루피가 큰 위험으로부터 나를 보호해 주
었으리라 확신한다. 나를 태운 릭샤꾼은 뺑뺑이를 돌며 시간을

질질 끌더니 돈을 더 달라고 했다. 300루피밖에 없다고 말하고
는 무서워서 홱 돌아서 뛰기 시작했다. 쫓아오지는 않았지만 여
러 장의 고액권이 든 지갑을 그가 봤다면 어떻게 됐을지 모를
일이다.

사람들이 제법 다니는 거리에 들어섰지만 안심할 수 없었다. 핸
드폰 배터리도 겨우 2~3%밖에 남지 않아 미로같이 복잡한 골
목길을 헤쳐 게스트하우스를 찾아가기에는 역부족이었다. 결국
꺼지고 말았다. 밤 골목 한가운데서 어디로 가야 하는지도 모
른 채 나는 또 위기를 맞닥뜨렸다. 손에서 땀이 나기 시작했다.

하지만 길바닥에서 잘 수는 없으니 어떻게든 숙소를 찾아야 했
다. 잰걸음으로 소똥 냄새 가득한 골목길을 지나쳐 걸었다. 밤거
리를 배회하는 들개들의 눈빛이 사나웠고 가로등 불빛은 괜히
으스스하게 느껴졌다. 저벅저벅 걸어오는 발소리가 그렇게 무서
웠던 적이 없었다. 밝은 불빛을 향해 달렸고, 한 라씨(인도 전통
요거트 음료) 가게가 눈에 들어왔다. 세계 여러 나라 말이 적혀
있는 벽면이 보니 여행객이 많이 오는 가게 같았다. 으슥한 골목
길에서 소리소문없이 사라질 일은 면했다는 생각에 힘이 쑥 빠
져 의자에 털썩 주저앉아 버렸다.

"무슨 일 있어?" 한 직원이 나에게 물어보았다.

"숙소를 찾아야 하는데 어딨는지 모르겠어. 폰도 꺼졌고."

"어디 게스트하우스야?"

"호미 게스트하우스. 어딘지 아나?"

"응. 저기 골목길에서 우회전해서 직진하다가 좌회전해서 조금만 걸어가면 나와."

"미안한데, 시간 괜찮으면 데려다 줄 수 있을까?"

"…?"

'얘 뭐야?' 하는 눈빛으로 고개를 갸웃거리던 그는 곧 '오케이'라고 대답했다. 그가 앞장서서 걷기 시작했고 뒤를 졸졸 따라 걷다 보니 예약한 게스트하우스가 눈에 보였다. 그는 쿨하게 손을 흔들며 돌아갔다.

숙소 침대에 쓰러지듯 몸을 뉘었다. 이틀간 휘몰아친 폭풍이 소멸된 평화로운 순간이었다. 청천벽력 같던 국경에서의 회항 이후 펼쳐진 낯선 이들의 대가 없는 친절을 머릿속에 차례차례 펼쳐 보았다.

수줍게 건네던 물병, 겁먹은 외국인을 향한 진심을 담은 미소와 손짓 발짓, 종이컵에 담긴 카푸치노, 황금보다 소중했던 300루피, 늦은 밤 나를 구제해 준 쿨한 그의 뒷모습까지. 무시무시한 사건 사고가 가득한 뉴스에 담기지 않은 천사들의 잔영을 하나도 놓치고 싶지 않았다. 내 머릿속 성역에 그들을 하나하나 입장시켰다. 언젠가, 때 잔뜩 묻은 내가 도움이 필요한 손길을 외면하고 이기적인 사람이 되어 갈 때 그들이 웅장한 소리로 나팔을 불어 주길 바라면서.

침대에 걸터앉아 일기장에 한 줄을 갈무리하고 곧바로 샤워실로 향했다.

누가 뭐래도,
나에게 가장 사랑스러운 나라, 네팔과 인도.

내겐 너무 사랑스러운, 인도

바라나시

여행하는 동안 알람을 켜지 않는 것이 습관이 되었다. 장소마다 여행객을 깨우는 각자의 방식이 있기 때문이다. 히말라야는 살을 파고드는 한기로, 캄보디아는 후끈한 더위로 단잠을 자는 이방인을 깨워 주었다. 바라나시는 닫아 놓은 창문을 뚫고 들어오는 덥고 습한 공기와 코를 감싸 쥐게 하는 소똥 냄새로 잠을 깨웠다.

이틀 동안 먹은 거라곤 물 몇 모금과 커피 한 잔이 전부였기에 물만 끼얹고 거리로 나갔다.

"와, 뭐고….."

내 눈에 처음 들어온 것은 사람 반 동물 반의 좁은 골목이었다. 골목대장인 소들은 고르고 고른 자리에 편히 앉아 계시고 사람들이 비켜 걸어갔다. 어디선가 나타난 양은 창문틀에 올라섰고, 개들은 음식을 든 사람을 주인처럼 졸졸 쫓아갔다. 동물들을 향하던 시선이 이내 사람들에게 향했다. 코를 찌르는 악취가 풍겨왔지만 누구 하나 찡그리는 표정 없이 평화로워 보였다. 인상을 쓰고 있는 건 나밖에 없었다.

'나를 살린 인도인들의 환대에 찡그린 얼굴로 화답하면 안 되지.'

정면을 주시하면서도 바닥을 잘 보고 발을 내디디며 요리조리 오물을 피해 걸음을 옮겼다. 사람들과 눈이 마주칠 때면 살짝 웃으며 '나마스떼' 하고 인사를 건넸다. 이방인의 수줍은 인사에 한 명도 빠짐없이 모두 활짝 웃어 주었다.

에어컨이 빵빵하게 나오는 레스토랑과 카페를 전전하다가 내리쬐는 햇살이 비스듬해질 무렵 갠지스강으로 갔다. 신성한 강물로 하루를 마무리하는 사람들과 빨래하는 사람들 곁을 지나쳐 물줄기를 따라 더 위쪽으로 걸어갔다. 그러다가 모두가 언젠가는 반드시 마주할 순간을 목도했다.

세 개의 단 위에 네모난 모양으로 땔감이 쌓여 있었고, 주위에는 까만 재가 쌓여 있었다. 그 옆에는 고운 천으로 둘러싸인 시신 한 구가 장례 차례를 기다리고 있었다. 이윽고 단 위에 올려져 한 시간도 지나지 않아 갠지스의 품으로 돌아가는 누군가의 마지막을 함께했다. 벽면을 가득 채운 국화도, 사진도, 아스라이 피어오르는 향도 없었다. 다만 배웅하는 가족들이 강을 바라보며 갠지스의 조용한 위로를 받고 있는 것 같았다. 그들의 표정은 깊은 바다처럼 고요했다.

삶이 끝나는 곳이기도 하지만 삶이 지속되는 곳, 갠지스

누군가는 인도를 보고 미개한 나라라 하고, 누군가는 삶을 배운 인생 여행지로 꼽는다. 나에게 인도는 끊임없이 긴장감을 주는 연인 같았다. 한없이 친절하고 아름답다가 어느 순간에는 매몰차게 등을 보인다. 갠지스강에 오기까지 만났던 수많은 인도인의 환대는 나를 위험으로부터 지켜 주고 내 여행을 풍요롭게 해주었다. 하지만 소똥 냄새 가득한 숙소와 어떻게든 바가지를 씌우려고 지겹도록 실랑이하는 호객꾼들 앞에서는 진절머리 나기도 했다. 무한히 연기되고 연기되는 기차 출발, 코를 가득 메우는 매캐한 먼지 때문에 다시는 인도에 안 오겠다고 이를 갈기도 했다.

하지만 그 모든 것을 뒤로한 채 석양에 반짝이는 갠지스강에서
누군가의 장례를 바라보고 있으니 한국에서 끈질기게 매달리고
집착하던 모든 것이 그저 사소하게 느껴졌다. 몇 시간 지나 한
줌의 재로 남은 누군가는 어떤 후회를 하고 어떤 마음으로 눈을
감았을까 궁금해졌다. 모두 꿈을 향해 달려가지만 언제 어떤 방
식으로 죽음을 맞이할지 모른다. 취직이나 출근처럼 보통의 삶
으로 이어지는 길만 목이 빠져라 보고 있던 나에게 질문을 던
져 보았다.

'당장 내일 죽는다면, 난 뭘 가장 후회할까?'
'숨이 다하는 순간, 난 어떤 기억을 떠올리게 될까?'

자이살메르

"에어컨 고장 났어."

"언제 고치는데?"

"지금 고치는 중인데 언제 다 고칠지 확실하게 말을 못 하겠네."

"지금 죽을 것 같은데? 너무 더워. 다른 방이라도 배정해 줘."

"어쩔 수 없어. 여긴 인도잖아."

어깨를 얄밉게 으쓱해 보이는 직원에게 꿀밤을 먹이고 싶은 마음이 굴뚝 같았지만 어쩔 도리가 없었다. 일단 샤워부터 했다. 숨만 겨우 쉬며 잠들었다 깨기를 두세 시간쯤. 눈을 뜨니 숨 쉬는 것도 편안했고 시원해진 느낌이었다. 에어컨을 고쳤나 싶어 틀어 보니 여전히 작동되지 않았고, 기온을 확인하니 36도였다. 한국이었으면 못 살겠다고 난리 칠 온도인데 시원하게 느껴지다니. 그사이 더위에 적응해 버린 내 모습에 피식 웃음이 났다.

인도 자이살메르의 또 다른 이름은 옐로우시티다. 사막 도시답게 모든 건물의 외벽이 노란색이다. 어릴 때 본 영화 〈인디아나 존스〉의 한 장면처럼 어딘가에서 미이라가 튀어나올 것 같고 전갈이 꼬리를 치켜들고 있을 것 같은 도시다. 카메라 하나 들고 옐로우시티 구석구석을 돌아다녔다. 해가 점점 기울어 야외에 앉아 콜라 한 잔 마실 수 있는 시간이 되었다.

루프탑 식당 한편에 자리를 잡고 주위를 천천히 둘러보았다. 햇살을 받아 반짝이는 도시가 황금처럼 빛났다. 옐로우시티가 아니라 골든시티가 더 어울리는 모습이었다.

석양에 반짝이는 자이살메르는 사막 투어에서 마주할 풍경의 미리보기였다. 짐을 한가득 실은 낙타 등에서 엉덩이뼈가 부서질 것 같은 고통을 느끼면서 얼마나 갔을까. 고개를 들어 주위를 둘러보니 인간의 흔적이란 보이지 않는 광활한 모래사막이 펼쳐져 있었다. 이 어딘가에 노란 머리를 한 어린 왕자와 사막여우가 있지 않을까 주위를 둘러보았다. 어렴풋이 보이는 금빛 머리칼이 삐죽 고개를 내밀었다가 모래언덕 뒤로 사라진 것만 같았다.

"물 계속 마셔. 더위 먹어서 헛것 보일라."

가이드의 말이 나를 현실 세계로 불러왔다. 시계를 보니 5시가 다 되었다. 목표 지점에 도달한 듯 일행과 나는 낙타에서 내렸다. 가이드는 주섬주섬 짐꾸러미에서 생명수를 꺼냈다. 아이스박스에 들어 있던 맥주. 우리는 환호성을 지르며 시원하게 목을 축였다.

"저녁 준비할 테니까 가서 놀아."

'주위에 모래밖에 없는데 뭐하고 놀지?'라고 생각하는 사람은 사막에 안 가 본 것이다. 가이드가 어디에선가 가져온 비닐포대로 몇 시간 동안 놀 수 있었다. 푹푹 빠지는 모래를 걸어 꼭대기에 올라가 썰매를 타듯 내려왔다. 앉아서, 누워서, 더 신나면 달려서 모래 언덕을 가로질러 내려왔다. 쉬고 싶을 땐 모래 탁탁 털어 내고 맥주 한 모금 마시면서 꼭대기에 걸터앉아 사막의 노을을 보면 된다. 붉은 노을 아래 금빛으로 넘실대는 사막을 걸어 다니다가 어린 왕자가 내 옆에 살며시 앉는 상상을 했다. 상상 속의 어린 왕자가 건네는 보아뱀 이야기를 가만히 들었다.

해가 지고 기온이 내려갔다. 경량 패딩을 입고 돌아오니 가이드가 모닥불에 치킨을 구워 놓고 기다리고 있었다. 물티슈로 대충 손을 닦고 호일에 싸인 잘 익은 살코기를 베어 물었다. 모닥불, 맥주, 치킨의 설레는 조합으로 시간 가는 줄 모르고 사막의 밤을 즐겼다.

모닥불이 사그라들 즈음 우리는 별들의 노래를 들을 수 있었다. 가로등도, 건물의 네온사인도, 자동차 불빛도 없는 이 사막에 쏟아질 듯이 하늘을 뒤덮고 있는 별들의 노랫소리가 울려 퍼졌다. 이제껏 잊고 살았던 선율이었다.

아무런 걱정 없이 웃고 떠드는 즐거움,

적당한 취기에 한껏 오르는 흥,
타닥타닥 타들어 가는 장작 소리와
추임새를 넣어 주는 낙타의 울음소리,
서로의 얼굴에 가득한 행복.

별들과 함께 빛났던 그날, 떨어지는 별똥별에 소원을 빌었다.

한국에서 일상을 시작하는 때가 온다면
이 자이살메르의 밤을 잊지 않기를.
사람, 일, 세상에 치여 무너져 내릴 때도 있겠지만,
오늘 보았던 이 하늘을 잊지 않기를.
편도 티켓 하나 들고 떠나 사막 한가운데 누워 있는
나의 용기와 모험을 잊지 않기를.
아무리 세상이 변하더라도
사막의 밤하늘만큼은 변하지 않기를.

안녕! 팅커벨, 튀르키예

페티예 | 나의 버킷리스트, 패러글라이딩

네팔과 인도의 투박함에 길들어 있다가 터키에 오니 모든 것이 호화롭고 감사했다. 1960년대에서 2017년으로 시간 여행이라도 한 듯 카페와 식당을 여유롭게 오가며 휴식을 즐겼다. 나의 버킷리스트에는 액티비티 3종 세트가 있다. 번지점프, 패러글라이딩, 스카이다이빙. 터키의 페티예는 세계 3대 패러글라이딩 성지다.

패러글라이딩하는 날. 구름 한 점 없는 푸르른 하늘에 선선한 바람이 불어왔다. 완벽한 날씨에 차를 타고 한참을 올라간 언덕에서 안전 장비를 착용했다. 온몸을 단단하게 감싸는 안전 장비에 기분 좋은 긴장감이 느껴졌다. 같은 조를 이룬 가이드가 뒤에서 소리쳤다.

"준비됐어?"
"응!"
"뛰어!"

발을 몇 번 굴렸더니 어느새 몸이 페티예 전경이 내다보이는 공중에 두둥실 떠 있었다. 왼쪽에는 초록빛 넘실대는 휴양지가, 오른쪽에는 사파이어보다 푸르른 바다가 펼쳐져 있었다. 두 눈에 선명하게 담긴 건물들이 레고 장난감처럼 보였고, 바다에 떠 있는 요트들은 입김에 날아갈 것처럼 작았다. 내가 찬찬히 감상할 수 있게끔 가이드는 넓은 하늘을 한 바퀴 돌았다. 새로운 친구를 사귀려는 듯 새들이 멀찌감치 떨어져서 우리 주위를 맴돌았다. 쭉 펼친 날개로 하늘을 비상하는 새들과 30분가량 하늘 곳곳에 발 도장을 찍었다. 곧이어 새들이 위아래로 공중제비를 돌 듯 움직였다. 좌우로만 움직이는 가이드에게 새를 가리키며 소리쳤다.

"더 신나게 타고 싶어! 나도 저렇게 빙빙 돌고 싶다고!"

가이드는 호탕하게 오케이를 외쳤다. 곧바로 공중제비를 앞뒤로 돌고 오른쪽으로 왼쪽으로 종달새가 하늘을 비상하듯 나를 데리고 다녔다. 나중에 확인해 보니 가이드가 찍어 준 동영상 속에서 나는 산발을 한 채 돌고래 비명을 지르고 있었다. 그런데도 나는 계속해서 손을 빙빙 돌리고 가이드는 오케이를 연발했다. 다른 사람에겐 보여 줄 수 없을 만큼 귀신 같은 모습의 나였지만, 또 하나의 버킷리스트를 이룬 행복한 표정이 30분 내내 가득했다.

카파도키아 | 대륙의 끝, 요정들의 동네

인터넷 검색창에 '튀르키예 여행'이라고 치자 하늘을 가득 메운 열기구가 제일 먼저 보였다. 신기하게 생긴 바위들 위로 알록달록한 열기구들이 두둥실 떠다니고 있었다. 하늘을 나는 액티비티를 너무 좋아하는 내가 지나칠 수 없는 풍경이었다. 카파도키아로 향하는 버스를 곧바로 예약했다.

하지만 동화 같은 풍경의 열기구 투어 사진 뒤에는 열 시간이 넘는 야간버스 이동, 이른 새벽 기상, 혹독한 새벽 추위, 절대 지켜지지 않는 픽업 시간이 있었다. 언제나 그렇듯 '아, 그냥 안 해!' 하는 마음이 불쑥불쑥 올라왔다. 머릿속이 바쁘게 돌아갈 때쯤,

저 멀리서 희미한 불빛이 보였다. 곧 차 한 대가 숙소 앞에 멈춰섰다. 덜컥 소리를 내며 차량 문을 열자 설렘과 즐거움으로 표정이 밝은 사람들이 보였다. 꿈꾸던 열기구 투어를 앞두고 활짝 웃으며 인사를 건넸다.

"헬로! 굿모닝!".

인상 쓰고 있던 내 표정도 그들의 달가운 인사에 스르륵 풀어졌다. 내가 원해서 찾은 열기구 투어인데 왜 툴툴거렸는지 조금 전의 내 모습이 부끄러워지는 순간이었다. 차창에 비친 퉁퉁 부은 나를 보며 싱긋 웃었다.

동이 터 오기 시작하자 넓은 들판으로 나갔다. 대지 위로 깔려 있던 어둠의 장막이 걷히고 나니 기암괴석들이 햇빛을 받아 반짝이며 웅장한 자태를 드러내기 시작했다. 뜨거운 불길이 지펴지고 벌룬이 서서히 부풀어 올랐다. 동그란 모습이 되면 얼른 열기구에 올라타야 한다. 하늘로 날아갈 시간이다.

두 발을 땅에 딛고 다닐 때는 몰랐던 카파도키아의 진짜 모습이 눈에 들어왔다. 떠오르는 태양 빛을 듬뿍 받은 열기구들이 고운 자태를 뽐내기 시작했다. 발바닥 아래로 기암괴석이 카파도키아 전체를 감싸고 있었다. 어느 괴석의 꼭대기에 팅커벨이 기지개를 켜며 앉아 있을 것만 같았다. 빨주노초파남보 다양한 색깔의 벌룬을 타고 요정들의 동네를 돌아다니며 카메라 렌즈 너머의 세상을 눈에 담았다.

석 달 동안 여행한 아시아 대륙이었기에 볼 만큼 봤다고 생각했는데, 나의 착각이었다. 지구의 가장 넓은 대륙은 그 끝자락에서 동화 속 세상에 초대해 주었다. 어렴풋이 들려오는 팅커벨의 날갯짓 소리와 함께한 시간은 내가 살고 있는 행성에 대한 애정을 더해 주었다. 카메라 렌즈 너머 지구 곳곳에 숨어 있을 사랑스러운 장소를 여행하는 일을 멈추지 않으리라 다짐했다. 그리고 다음 여행지인 아프리카가 보여 줄 새로운 세계에 설레는 마음이 더욱 커졌다.

내 인생에 아프리카가 있을 줄이야

피라미드는 지하철 위에 있었다, 이집트

아프리카에도 봄이 있다

"We just arrived in Cairo."

새벽 비행기 안에서 꾸벅꾸벅 졸던 나는 '카이로'라는 소리에 눈을 번쩍 떴다. 창문 밖에는 어슴푸레한 새벽을 깨우듯 밝은 조명으로 존재감을 드러내는 공항이 보였다. '카이로 국제공항'이라고 적힌 글자를 보니 진짜 아프리카 대륙에 온 것이 실감 났다. 내 인생에 아프리카라니. 심장이 설렘과 두려움으로 쿵쾅대기 시작했다.

새벽에 도착했기에 숙소까지 가는 것도 하나의 도전이었다. 그나마 안전한 우버를 불러 숙소로 향했다. 어둠에 잠긴 카이로의 모습이 휙휙 지나갔다. 도로는 텅 비어 있었고, 가로등 불빛만이 긴장한 여행객을 맞이해 주었다.

"어디서 왔어?" 우버 드라이버의 가벼운 인사가 정적을 깼다.
"한국에서 왔어. 북한 말고 남한."
"멀리서 왔네. 숙소에 도착하면 바로 들어가고 밖으로 나오지 마. 위험하니까."

그는 룸미러로 나를 곁눈질했고, 나는 구글맵을 켜고는 제대로 된 방향으로 가고 있는지 수시로 확인했다. 베트남에서 들었던 택시 납치 이야기가 떠올라 그의 조언도 마냥 따스하게 들리지 않았다. 다행히 20여 분을 달린 끝에 무사히 도착했다. 숙소 문 앞으로 뛰어가 벨을 눌렀지만 열리지 않았다. 택시는 떠나지 않고 정차해 있었고, 오가는 사람들의 시선이 느껴졌다. 다급한 마음에 한 번 더 벨을 누르려는 찰나, '지잉-' 소리를 내며 문이 열렸다. 그렇게 긴장과 불안으로 가득했던 아프리카의 첫날밤이 지나갔다.

여유롭게 일어난 다음 날, 핸드폰이나 카메라처럼 비싼 기기는 최대한 드러나지 않게 챙긴 후 피라미드를 보기 위해 거리로 나섰다. 드디어 아프리카의 더위를 실감하는구나 생각하면서 크게 심호흡하며 문을 열었다. 이때부터였다. 아프리카에 대한 편견이 깨진 것이.

아프리카에도 봄은 있었다. 반팔 티셔츠에 가볍게 걸친 남방 안으로 봄바람이 간질간질 불어왔다. 쓰러져 가는 집도 없었다. 유럽의 어느 도시에 와 있는 것처럼 높고 삐죽삐죽한 건물이 도로를 가득 메우고 있었다. 맥도날드, 써브웨이 같은 대형 프랜차이즈도 보였다. 화려한 옷과 각자의 개성으로 멋을 낸 카이로 사람들은 가벼운 발걸음으로 목적지를 향해 걸어갔고, 최신식 자동

차들의 경적이 높게 울려 퍼졌다. 여느 대륙의 여느 도시와 다름
없는 모습이었다. 입이 떠억 벌어졌다.

"뭐고? 여기 아프리카 맞나? 그냥 한국 같잖아."

휘둥그레진 눈으로 카이로 시내를 돌아다녔다.

서울 길 한복판에서 셔터를 누르는 외국인들을 보면서 뭐가 그리 신기한 걸까 생각했는데, 그 마음을 알 것 같았다. 아침의 밝은 햇살을 받아 반짝이는 고층 건물들, 오가는 차량으로 가득 찬 6차선 도로, 삼삼오오 정답게 걸어가는 이집트 사람들, 써브웨이에서 음식을 포장해 가는 직장인들. 그들은 헤매는 여행객을 흘깃 보고는 제 길을 갈 뿐 아무도 품에서 흉기를 꺼내지 않았다. 지구 반 바퀴를 돌아온 아프리카, 여기도 사람 사는 곳이었다.

알을 깨트려 준 피라미드

"와, 나 진짜 촌년이었구나."

떠억 벌어졌던 입이 지하철에서 한 번 더 벌어졌다.

'피라미드의 나라에도 지하철이 있다니!'
'피라미드가 시내에 있다니!'
'몇 날 며칠 버스 타고 이동하는 게 아니라 지하철을 타고 피라미드에 도착한다니!'

멀게만 느껴지던 고대 문명이 현대 문명과 고개를 맞대고 있었다. 지하철을 타고 수천 년의 시간을 거슬러 피라미드를 만날 생각에 엔도르핀이 마구마구 뿜어져 나왔다. 설레는 발걸음으로 지하철에 올라탔다. 충분히 루트를 확인했지만 헤매는 것은 똑같았다. 인상 좋아 보이는 분에게 웃으면서 물어보았다.

"아이 원투 고 피라미드."

설명 대신 알겠다는 눈빛과 앉아 있으라는 제스처가 돌아왔다.
'지나친 건가.' 불안한 마음에 일어서면 맞은편에 앉아 있는 분들이 앉으라고 손짓해 주었다. 잠시 후 "피라미드" 짧은 한마디와 함께 내 옆에 있던 분이 일어나라고 손짓해 주었다.

피라미드 앞에서 전 세계인이 대동단결되었다. 하지만 모든 사람이 친절한 것은 아니었다. 벌 떼 같은 택시 호객꾼과 실랑이를 이어 가며 겨우 매표소에 도착했으니 말이다. 된소리 발음이 나는 우리나라 욕을 외국인들이 무서워한다는 걸 어디에선가 주워들었지만, 지하철 안에서의 친절을 배신하는 것 같아 입을 꾸욱 다물고 매표소를 통과했다. '이제는 없겠지' 했는데 무슨! 낙타 호객꾼이 더 많았다. 그들은 피라미드까지 멀어서 못 걸어간다고 말했다. 진짜인가 싶어 고개를 돌린 순간, 마침내 피라미드를 두 눈으로 목도하게 되었다.

단군 할아버지가 터를 잡기도 전에 지어져 5,000년이 다 되어 가는 피라미드. 입구에서부터 느껴지는 피라미드의 크기에 온몸에서 전율이 흘렀다. 선글라스는 이미 벗어 버렸고, 호객꾼들의 말소리는 더는 귀에 들어오지 않았다. 역사는 이미 끝난 것인데 왜 배우고 왜 알아야 하는지 이해하지 못했다. 하지만 여기 피라미드 앞에 서니 알 것 같았다.

'현대가 고대보다 더 발전했다는 건 어쩌면 착각일 수도 있겠다.'
'고대 이집트인은 어떤 사람들이었을까?'
'최첨단 건축 기술과 자재도 없었을 텐데, 어떤 지혜를 이용했을까?'

빠른 속도로 걸어가 가장 큰 피라미드를 한 바퀴 빙 둘러보았다. 고개를 있는 대로 꺾어야 제일 윗부분이 보였다. 가장 밑에 있는 사각형 돌은 웬만한 성인 남자의 가슴팍 높이고, 점점 작아지는 크기의 돌들이 201층으로 쌓여 있었다. 그 옆에는 스핑크스가 앞발을 내밀고 근엄한 표정으로 앉아 있었다. 왕의 무덤인 피라미드와 그 앞을 수천 년 동안 지키고 있는 스핑크스. 수많은 전쟁과 약탈을 겪었지만 5,000년 세월을 굳건히 존재해 준 것이 새삼스레 고마웠다.

몇 바퀴를 돌면서 피라미드를 오랫동안 두 눈에 가득 담았다. 서쪽으로 기우는 햇빛을 받아 황금빛으로 빛나는 고대 문명은 몇 시간을 봐도 지루하지 않았다. 돌무더기 어딘가에 걸터앉아 불어오는 봄바람을 느끼고 있자니 몸도 마음도 간질간질해졌다.

'내 인생에 아프리카가 있을 줄이야!'

알을 깨고 나온 것처럼 어디선가 쩌억 갈라지는 소리가 들리는 듯했다. 교과서 속에만 존재하는 세상에 두 발을 디디고 서 있는 순간이 믿기지 않았다. 지구 반대편의 드넓은 세상을 가리고 있던 장막을 열어젖힌 것만 같았다. 동남아를 거쳐 인도와 터키를 지나면서 여행 권태기에 빠졌다. 어디를 가도, 무엇을 먹고 무엇을 보아도 별다른 감흥이 없었다. 그런데 아프리카에 발을 디디는 순간, 모든 것이 새롭게 시작되는 느낌이었다. 불안한 치안에 걱정이 가득했는데 피라미드를 품고 있는 대륙의 매력은 미디어의 편견에 갇히기에는 너무 거대했다.

피라미드를 보고 온 그날 밤 일기장에 피라미드가 준 두 가지 선물을 꾹꾹 눌러 담았다.

나의 세상을 넓힐 것. 세계를 나의 집으로 만들 것.
안주하지 말고 나아가 꿈의 크기를 키우고 생각의 범위를 넓힐 것.

아프리카 대륙 속 숨겨진 보물, 에티오피아

"와, 여기가 진짜 아프리카다!"

에티오피아 아디스아바바 공항에서 나오자마자 내뱉은 첫마디다.

게이트 앞에 가축들이 자유롭게 길거리를 활보하며 풀을 뜯고 있었고, 하늘은 땅을 향해 몸을 구부린 듯 손만 뻗으면 닿을 듯 느껴졌다. 해발 2,300m에 위치한 고산 도시라 온도도 봄가을처럼 적당히 선선했다. 이집트의 살랑살랑 바람이 나의 옷깃 어딘가에 묻어와 에티오피아에서 퍼져 나가는 듯 설렘이 이어졌다.

털어도 무엇 하나 나올 것 같지 않은 차림새로 현지인들이 타는 미니버스를 탔다. 긴장했던 게 무색할 정도로 별일 없이 생각해 두었던 여행사에 도착했다. 2박 3일 동안 유황천, 소금사막, 화산을 돌아보는 다나킬 투어를 예약하기 위해서였다. 순조롭게 예약을 마치고, 영화배우처럼 아름답고 잘생긴 프랑스 커플과 함께 투어 시작점인 다나킬로 이동했다.

지구 속 화성, 유황천

에어컨이 제대로 작동하지 않는 지프 안에서 더위에 지쳐 잠들었다.

"이제 도착했어. 다들 일어나! 아, 손수건 같은 거 있으면 가져가는 게 좋아!"

가이드 제이크가 친절한 미소와 함께 말했다. 하지만 손수건이 나에게 있을 리가. 그냥 내렸다. 블로그에서 코를 찌르는 냄새라고 했지만 얼마나 그럴까 싶어 대수롭지 않게 생각했는데 내리자마자 알았다.

'이건 코를 찌르는 게 아니라 코가 썩겠는데?'

아기 손톱만큼의 와사비 향이 코를 찌르는 거라면, 이건 썩은 계란이 1,000개 아니 1만 개가 쌓였을 때 나는 냄새였다. 따가운 햇빛을 피하기 위해 걸쳐 입은 남방의 끄트머리로 코를 감싸 쥐었다. 후각에 모든 신경을 뺏긴 와중에 프랑스 커플의 환호성이 들려왔다.

"여기 꼭 화성 같아!"

우주선을 타고 화성에 간다면 이런 모습일까? 발걸음과 시선이 닿는 곳마다 초록색, 노란색, 빨간색이 뒤섞인 유황 덩어리가 땅을 알록달록하게 채색해 놓았다. 시멘트 따위로 덮이지 않은 태고의 대지는 숨을 쉬듯 수증기와 가스를 뿜어냈다. 펄펄 끓어오르는 모양대로 굳은 유황 덩어리들이 체스판 위의 말처럼 빼곡히 서 있었다. 더 깊숙한 곳으로 발걸음을 옮기니 녹차 가루 위에 달걀을 풀어 놓은 색감의 제법 큰 물웅덩이가 보였다. 그 옆에는 녹아내린 치즈로 뒤덮인 듯한 언덕이 이색적인 풍경에 멋을 더해 주고 있었다.

한낮 온도가 50도가 넘는 더위에도 여행객들은 코를 감싸 쥔 채로 발걸음을 멈추지 않았다. 평생 맡을 달걀 썩는 냄새를 진즉에 다 맡았지만, 점점 더 깊숙이 들어갈 뿐이었다.

 곧 다른 장소로 이동한다는 말에 조금이라도 더 둘러보려고 서두르던 나는 결국 발을 헛디뎌 신발에 초록색 물을 들이고 말았다.

얼룩이라고 표현하고 싶지 않은, 유황천을 거닐던 기억과 이어
주는 연결 고리가 생겼다.

남미는 우유니 사막, 아프리카는 소금사막

해가 기울 즈음 소금사막으로 이동했다. 다나킬 투어에서 가장 기대하던 장소였기에 낡은 지프차의 미지근한 에어컨 바람은 전혀 개의치 않았다. 남미에 우유니 사막이 있다면 아프리카에는 소금사막이 있다. 우유니 사막의 풍광을 아프리카에서 조금이나마 볼 수 있지 않을까 하는 생각에 마음이 부풀어 올랐다. 달리고 달려 마침내 도착. 끼익 소리와 함께 문을 열었다. 땅에 발을 딛자 부스럭거리는 소리가 났다. 높은 기온으로 인해 물이 소금으로 변하며 생긴 결정체였다. 신발을 벗고 맨발로 걸어보고 싶었다.

"안 돼! 발 다쳐! 꼭 한 명씩은 있더라."

아쉬움을 뒤로하고 물웅덩이를 자유롭게 걷기 위해 슬리퍼로 갈아신고서 저벅저벅 걸어갔다. 흰 소금 알갱이가 걸리는 것 없이 넓게 퍼져 있는 광활한 호수는 지평선과 맞닿아 있었다. 소금기 가득한 바람에 머리칼이 내 볼을 간질였고, 발을 적시는 물은 따뜻했다. 하지만 생각했던 우유니 사막과는 다른 모습이었다. 거울처럼 하늘이 반사되는 넓게 펼쳐진 물도 없었고, 선명한 노을도 보이지 않았다. 아쉬움이 삐죽 새어 나오려 할 때쯤, 소금사막만의 특별한 매력이 눈에 들어왔다.

물이 바짝 마른 곳에서 현지인들이 소금을 캐고 있었다. 단단하게 굳은 소금 덩어리를 곡괭이로 부수며 모양을 만들어 포대에 담았다. 사람이 몸에 질 무게가 아니기에 포대를 옮기는 건 낙타들의 몫이었다.

어디에선가 낙타 떼를 이끌고 온 소금 상인들이 하나씩 하나씩 짐을 낙타 등에 올렸다. 그런 다음 엉덩이를 탁탁 치니 수십 마리의 혹 두 개 달린 동물이 일제히 일어섰다. 익숙한 듯 일렬로 줄을 지어 소금사막을 자연스럽게 횡단했다. 소금이 펼쳐진 땅과 흰 구름으로 가득한 하늘 사이. 낙타들이 양옆으로 진 소금을 날개 삼아 공중을 유영하는 새들처럼 서서히 멀어져 갔다.

"맥주 마실 사람!"

가이드가 맥주를 권했다. 거절할 이유가 없었다. 서서히 주황색
으로 물드는 하늘을 배경으로 사람들이 사진을 찍었다. 어린 시
절, 친구들보다 많이 나가는 몸무게 때문에 놀림받았던 나는 사
진 찍히는 것에 늘 자신이 없었다. 하지만 그 순간만큼은 지프
앞에서 한껏 포즈를 취했다. 계속 불어오는 바람에 머리는 산
발이고 자주 씻지 못해 꾀죄죄한 모습이었지만, 술기운인지 소
금사막의 매력 덕분인지 사진 속의 나는 정면으로 카메라를 보
고 있었다. 얼굴, 다리 길이가 어떻게 나오든 그 순간의 행복한
내 표정을 사진으로 남기고 싶었다. 있는 그대로의 모습이 담긴
사진 속의 나를 보며 생각했다. 에티오피아의 소금호수에게 너
는 왜 우유니 사막이 아니냐고 묻지 않고 그 매력을 온전히 즐
기자고.

지구의 속살, 마그마

에티오피아 투어의 마지막 코스는 화산이었다. 해가 질 때까지
기다리다가 사방이 깜깜해진 8시부터 이동했다. 저 멀리서 붉은
빛이 아스라이 보였다. 꽤 가까워 보이길래 금방 다녀올 줄 알았
는데, 가이드는 무조건 물병을 두 개 챙기라고 했다.

마그마가 분출하며 굳은 지형은 제주도의 현무암처럼 까끌까끌하고 구멍이 숭숭 뚫린 바위로 가득했다. 사람의 손을 전혀 타지 않은 곳이기에 들쭉날쭉한 고개를 넘나들며 마그마를 향해 나아갔다. 숨이 차오르고, 덥고, 시야가 확보되지 않아 답답하고. 가이드한테 얼마나 더 가야 하는지 물었더니 2시간은 더 남았다고 했다. 중간 지점에 도착했을 때는 모두가 한마음으로 넓은 바위를 찾아 드러누웠다. 짐 같았던 두 개의 물병은 생명수였다. 가지고 온 물병 중 하나는 이미 깨끗이 비웠고, 남은 한 병을 새로 땄다. 가이드가 손끝으로 마그마가 피어오르는 곳을 가리켰다.

"자 이제, 가야 해. 오늘은 야외에서 자니까 나중에는 은하수도 볼 수 있다고."

이른 아침 잠투정 부리는 아이를 깨우듯 가이드가 손뼉을 치며 우리를 채근했다. 마그마가 내뿜는 화염은 더 커졌고 진해져 있었다. 얼마 남지 않은 것이다. 마지막 남은 힘을 쥐어 짜내며 걸어 마침내 도착했다.

내 인생 처음으로 보는 지구의 속살, 마그마.
터미네이터가 엄지 치켜들고 빨려 들어가던, 쥬라기 월드에서 세상을 집어삼킬 듯 쏟아져나오던 그 마그마가 내 눈앞에 있다.

살짝만 고개를 내밀어도 피부가 타들어 갈 것처럼 뜨거웠다. 말 그대로 시뻘건 용암이 땅속을 휘저으며 맹렬하게 흘러가고 있었고 한두 번씩 튀어 올랐다. 여기저기서 환호성이 터지고 사람들 얼굴에 경이로움과 웃음이 피어올랐다. 붉은 화염을 배경으로 실루엣만 보이는 모습이 흡사 지옥처럼 보였지만, 실제로는 고된 행군 뒤에 경이로움을 만끽하고 있는 천국이었다. 동시에 가이드들이 바빠졌다. 상냥했던 그들의 목소리가 커지고 근엄해졌다. 문득 궁금해졌다.

"여기에 사람 빠진 적 있어?"
"아직은 없는데 너 자꾸 가까이 가면 그렇게 될 수도 있어."

어린아이처럼 신기해하며 목을 쭈욱 빼고 마그마를 보던 일행이 용암의 가장자리에서 나는 바스락 소리에 흠칫 놀라며 뒤로 재빠르게 빠졌다.

"죽는다고! 가까이 가지 마!"
어느샌가 주위를 경호하던 군인도 나타났다.

한참 동안 정신없이 마그마에 취해 있다가 시간을 보니 12시가 넘어 있었다. 가이드가 이제 가야 할 시간이라고 말했다. 10분 정도 더 걸어 돌을 둥근 모양으로 낮게 쌓아 올린 곳에 도착했다.

"자, 오늘 숙소야."

돌무더기가 파티션이었고, 각각 분리된 공간 안에 매트리스가 하나씩 놓여 있었다. 물티슈로 얼굴을 닦고 양치질만 겨우 하고는 서둘러 누웠다. 돌덩이를 매단 듯 무거운 몸을 눕히니 별이 촘촘히 박힌 하늘이 눈에 들어왔다. 가만 누워 있노라니 하늘의 무수한 별이 이불 같고 지붕 같았다. 쾌적함과 경이로움을 동시에 가질 수 없다면 나는 경이로움을 택할 것이고, 경이로움 가득한 이 아프리카 여행이 너무나 좋았다.

샬람! 감사해요, 할머니!

다나킬 투어를 무사히 마무리하고 아디스아바바로 돌아왔다. 케냐로 넘어가는 버스 티켓을 예약하려면 현지 여행사에 직접 가야 했다. 휴대폰 지도에 목적지를 찍고 걷다 보니 상권이 발달한 중심지에서 벗어나 현지인들이 사는 동네로 들어섰다. 아스팔트로 포장된 길은 없어진 지 오래고, 도로에는 흙먼지가 날리기 시작했다. 깔끔한 옷을 입은 사람보다 여기저기 덧댄 옷을 입은 사람이 점점 늘어났다.

"헬로, 헬로, 칭챙총!"
"비어! 비어!"

아차, 판자촌에 들어선 것이다. 끊임없이 술 냄새를 풍기는 사람들이 말을 걸어왔고, 더 깊이 들어가기에는 상당히 위험해 보였다. 몸을 돌려 빠른 걸음으로 나오다가 어떤 할머니와 눈이 마주쳤다. 손자를 데리고 어디 가는 것 같았다. 티켓을 예약하기 위해 여행사로 가고 있다고 얘기했지만, 영어를 할 리가 없었다. 그래서 에티오피아어로 적힌 화면을 보여 줬더니 따라오라는 손짓을 했다. 지도를 가리키며 혼자서 갈 수 있다는 몸짓을 했지만, 할머니는 큰길가 쪽을 가리키며 고개를 절레절레 흔들었다. 망설이고 있으니 한 번 더 뒤를 돌아보고는 더 큰 동작으로 따라오라고 했다. 할머니 뒤로 숨으며 부끄러워하는 아이와 얼마나 걸었을까. 피자집과 햄버거 가게가 보이는 또 다른 상권으로 들어섰다.

"고, 고."
할머니가 손으로 어떤 곳을 가리키며 얼른 가라고 손짓했다.
"음료수라도 사 드릴게요!" 하지만 할머니는 한사코 거절하며 쿨하게 돌아가셨다. 뒤돌아보며 수줍게 손을 흔드는 아이와 할머니는 그렇게 시야에서 멀어져 갔다.

어두워지기 전에 얼른 돌아가야 했기에 서둘러 티켓을 예매하고 나왔다. 오면서 찍어 둔 루트를 따라 돌아가며 저렴한 가격에 과일을 한 아름 샀다. 얼마 만에 먹는 사과인지. 숙소에 돌아가 깨끗이 씻어 한 입 베어 물 생각에 군침이 돌았다. 서둘러 발걸음을 옮기는데 저 멀리 손을 흔드는 아이가 보였다. 할머니 옆에 있던 손자였다. 너무 반가운 나머지 한달음에 달려갔다. 아이는 집으로 들어가더니 할머니를 모시고 나왔다. 저녁을 준비하다가 나온 듯 할머니 손에는 물이 묻어 있었다.

"샬람! 사과 좀 드세요!" 아는 말이 '샬람'밖에 없어서 사 온 과일을 얼른 손에 쥐여드렸다.

"커피, 티⋯."

할머니는 부끄러운 듯 웃으면서 차 마시는 시늉과 함께 문을 활짝 열었다. 안에 들어가니 아이의 아버지가 있었다. 처음 본 외국인이 집에 들어오는 상황이 당황스러웠을 텐데도 환하게 반겨 주었다.

"티켓은 잘 예약했어요?" 아이의 아버지가 물었다.
"네, 덕분에요. 할머니 아니었으면 큰일 날 뻔했어요."
통역을 들은 할머니는 손사래를 치며 소녀처럼 수줍게 웃었다.

"다나킬 투어도 다녀왔는데, 에티오피아는 정말 멋진 나라 같아요."
"즐거웠다니 다행이네요. 그래도 저녁 되면 위험하니 조심하세요."

잠깐이었지만 사랑 가득한 가족의 모습에 한없이 행복한 순간이었다. 숙소로 돌아가는 안전한 길까지 직접 안내해 준 아이 아버지와 부끄러워하면서도 외국인의 얼굴에서 눈을 떼지 못하던 사랑스러운 아이, 처음 보는 외국인에게 조건 없는 친절을 베풀어 준 할머니까지. 사랑스러운 가족의 친절로 에티오피아 여행의 마무리가 그야말로 완벽해졌다. 커피 원두 포장지에 '에티오피아 예가체프'가 적혀 있는 걸 볼 때면, 지금도 속으로 읊조린다.

'사랑스러움과 경이로움이 가득한 나라, 에티오피아. 샬람!'

2박 3일간의 마사이마라 드라이빙, 케냐

믿지 않으면 아무것도 할 수 없지

"아프리카 도토 도토 잠보."

내 토요일 저녁을 책임지던 예능 프로그램 〈무한도전〉. 영문도 모른 채 아프리카 한복판에 떨어진 출연자들의 모습을 보며 깔깔 웃었더랬다. 에티오피아에서 케냐로 넘어오면서 무한도전의 발자취를 따라갈 생각에 설렜다. 하지만 그런 마음은 잠시, 직접 눈으로 본 아프리카의 가장 위험한 도시 나이로비 모습은 생각보다 무서웠다. 술에 취한 건지 약에 취한 건지 비틀거리며 걷는 사람들, 철조망으로 모든 창문을 막아 놓은 건물들, 바닥까지 끌리는 기다란 옷을 입은 미라 같은 부랑객들까지. 위험하지만 숙소 안에만 있을 순 없기에 문을 힘차게 열고 밖으로 나갔다.

〈무한도전〉의 '해외 극한알바' 편에 나온 코끼리 보육원에 가기 위해 일행들과 함께 현지 버스를 타기로 했다. 정류장을 찾느라 헤매다가 공관을 지키는 듯 보이는 군인에게 물었다.

"버스 어디서 타?"
"어디 가는데?"
"코끼리 보육원."
"기다려 봐."

무장한 옷차림에 우람한 체격, 큰 눈을 한 그는 길의 한쪽 끝을 바라보더니 따라오라고 했다. 졸졸 따라가니 어느 지점에서 걸음을 멈추었다. 곧 전혀 대중교통처럼 보이지 않는 버스가 저 멀리 보이기 시작했다. 매우 크게 틀어 놓은 음악 소리도 점점 다가왔다. 군인은 팔을 흔들어 버스를 세우더니 기사에게 우리의 행선지를 설명해 주었다. 몇천 원 정도의 요금을 내고 올라탄 버스 풍경에 입이 떡 벌어졌다.

옆 사람과 대화하기 불가능할 정도로 크게 틀어 놓은 음악이 버스를 가득 메우고 있었고, 드레드락으로 머리를 땋은 사람들의 시선이 우리를 향했다. 수줍게 웃으며 인사를 건네니 딱딱하던 표정이 스르륵 풀어지며 얼굴에 미소가 번졌다. 버스 제일 뒷자리에 앉아 우리를 안내해 준 군인을 향해 손을 흔들었다. 줄곧 무표정이던 그는 싱긋 웃으며 손을 흔들어 주었다. 겨우내 내린 눈을 녹이는 봄날의 햇살 같은 미소였다. 귀청이 떨어져 나갈 것 같은 음악 소리에 혼이 나간 상태로 달리다 보니 어딘가에서 버스가 멈췄다. 모든 사람이 뒤를 돌아보더니 눈빛으로 말했다.

'너희가 내릴 곳이야.'

한 군인이 깨뜨려 준 살얼음 사이로 설렘이 피어올랐다. 두려움은 잠시 잊기로 했다. 무사히 코끼리 보육원에 도착해 도토도 보고 운 좋게 박명수 님을 혼내던 관리인도 만났다.

"〈무한도전〉 기억해?" 다짜고짜 들이댔다.
"그럼 당연하지. 한국인 많이 와서 코끼리들을 얼마나 이뻐해 주는데."

그는 흔쾌히 사진도 찍어 주고 도토를 잊지 말라고 당부하며 무한도전을 외쳤다. 내 오랜 무한도전 성덕 생활에 큰 이정표를 남기는 순간이었다. 기분이 날아갈 듯 좋아진 일행과 나는 케냐의 치안을 걱정하는 마음을 잠시 내려놓기도 했다. 운 좋게 히치하이크도 하고 다시 현지 버스를 타면서 구석구석 돌아다녔다.

'케냐, 뭐 별거 없네. 괜히 겁먹었어.'

하지만 친절했던 나이로비는 다음 날 순식간에 모습을 바꾸었다. 고장 난 핸드폰을 교체하기 위해 시내로 향했다. 삼성 대리점에서 핸드폰을 고르고 있는데, 갑자기 '펑' 하고 뭔가가 터지는 소리가 들리더니 사람들의 비명이 들려왔다.

불이 붙은 유리병이 여기저기 날아다니고 경찰들이 뛰어가는 모습도 보였다. 대통령 선거에 항의하는 시위였다. 긴박한 상황에 직원들이 서둘러 셔터를 내리고 우리에게 절대 나가지 말라고 당부했다. 거친 사람들의 말소리와 무언가가 터지고 부서지는 소리, 경찰의 호루라기 소리가 한동안 이어졌다. 어제까지만 해도 모든 친절을 허락하던 케냐는 하루 만에 성난 이빨을 드러낸 맹수가 되었다. 얼마나 지났을까. 밖이 조용해졌다. 직원은 셔터를 올리며 조심스럽게 밖을 살펴보았다.

"이제 나가도 돼. 핸드폰 박스는 버리고 귀중품은 최대한 감추고 걸어. 다른 데 가지 말고 숙소로 바로 돌아가."

유리병과 화염 자국이 낭자한 거리를 최대한 빠른 속도로 걸어 숙소에 도착했다. 안도감이 드는 것도 잠시, 다음 나라로 이동할 버스 티켓을 어떻게 구해야 하나 걱정되기 시작했다. 그때 숙소 사장과 이야기를 나누던 사람이 티켓을 예약해 주겠다며 다가왔다. 사장과는 친구라며 돈을 주면 티켓을 끊어 주겠다고 했다.

"내가 너를 어떻게 믿지?"
"믿지 않으면 아무것도 할 수 없지."

위험하게 돌아다니는 것보다 낫겠지 싶어 돈을 건네고 티켓을 건네받을 시간과 장소를 정했다. 만나기로 한 오후 4시가 한참 지났지만 그는 나타나지 않았고, 점점 사기당했다는 생각만 확실해졌다. 두려움에 휩싸여 어리석은 결정을 내린 내가 원망스러웠지만 어쩔 수 있나. 1시간을 기다려도 나타나지 않길래 다시 숙소로 돌아왔다. 사장을 보는 순간, 둘이 친구라고 했던 사실이 생각났다. 하지만 사장은 모르는 사람이라고 딱 잡아뗐다. 실랑이가 이어지던 중에 덜컹 하며 숙소 문이 열렸다.

"미안, 내가 늦었어."

그가 티켓을 구해 온 것이다. 한참 넘겨 버린 약속 시간에 그는 미안한 표정을 지으며 다가왔다. 그러고는 티켓을 건네주었다. 날짜도 시간도 우리가 말했던 그대로 준비해 주었다.

"너한테 사기당한 줄 알고 엄청 화나 있었어! 왜 늦었어!"
"오늘 폭동이 일어나서 시내가 엄청 어수선했다고. 그래서 늦었어."

겸연쩍은 듯 머리를 긁으며 웃는 그의 모습에 화가 나면서도 웃음이 나왔다. 지금 와서 생각해 봐도 무슨 생각으로 그에게 돈을 건넸는지 모르겠다. 아마도 한 사람 한 사람의 친절이 모여 내 안에 친절한 케냐라는 이미지를 만들었고, 그 역시 친절한 사람이겠거니 믿었던 것이다. 아찔한 순간이 끝나고 약간의 수수료를 받아 떠나는 그의 뒷모습을 보며 친절과 의심 그 사이의 적절한 균형을 맞추어야 하는 과제가 마음속에 짐처럼 남았다.

마사이마라

나이로비 시내에서 출발해 반나절을 달려 마사이마라에 도착했다. 창살 없는 광활한 들판을 달리는 야생 동물의 천국, 마사이마라. 이 거대한 곳은 입구부터 그동안 동물원만 봐 왔던 마산 촌년의 예상을 보기 좋게 깨 주었다.

야생 동물이 있는 곳이라고 해서 출입구가 시멘트로 튼튼하게 지어진 줄 알았다. 하지만 이건 어디까지나 동물원이 존재하는 곳에서 살아온 사람의 편견이었다. 나무로 만든 담장이 길게 펼쳐져 있고, 차를 타고 문을 통과하니 곧바로 초원이 펼쳐졌다. 눈에 보이는 것은 풀과 하늘이 전부였다. 다듬어진 길도 없는, 말 그대로 들판이었다. 낮게 자란 풀들은 각자의 개성대로 자유롭게 펼쳐져 있었고, 대지를 감싸는 하늘은 시리도록 푸르렀다. 인간과 동물의 세상을 구분 짓는 선을 넘어 야생 동물의 고유한 영역으로 깊숙이 들어갔다.

드라이버 패트릭은 실시간으로 동료들과 무전으로 연락하며 동물들의 위치를 공유했다. 그의 눈빛이 날카로워지고 망원경을 집어 들면 뭔가가 있는 것이다. 우리 눈에는 전혀 보이지 않는 것이 그의 눈에는 보이는 것 같았다. 휙휙 방향을 바꾸며 달리다가 큰 나무 앞에 멈췄다.

"뭔가 있나 보다."

위를 올려다보니 큰 표범 한 마리가 나뭇가지 위에서 잠을 청하고 있었다. 처음이었다. 야생의 동물을 본 것이. 치타나 하이에나와는 또 다른 표범은 또렷한 점박이 무늬가 인상적이었고, 고양이처럼 귀여운 앞발이 매력 포인트였다.

인간이 오든 말든 표범은 살랑살랑 꼬리를 흔들며 하품하기도
했다. 짙은 눈물자국 따위는 없었고 윤기 나는 털에 거친 야생의
삶을 담은 눈빛이 반짝였다. 원래 있어야 할 곳에 있는 존재만이
가지는 아우라가 뿜어져 나오는 것 같았다.

아름드리 큰 나무를 지프차들이 빙 둘러싸고, 카메라를 잠시 내려놓고 숨죽이며 날 것 그대로의 자연에 흠뻑 젖어 들었다. 인간과 동물은 그 어떤 대치도 없이 싱그러운 봄바람에 몸을 맡긴 채 서로에게 집중했다. 뚜껑이 열린 지프 안에서 지붕에 기대고 있다가 잠깐 표범과 눈이 마주쳤다. (배가 부른 건지 먹잇감을 보는 표정은 아니었다. 그렇게 믿고 싶다.) 곳곳에 할퀸 상처가 눈에 들어온 그 순간이 아직도 선명하다. 티 없이 맑고 푸르른 하늘과 시원한 나무 그늘 아래에서 달콤한 낮잠을 자고 있는 표범. 다음 날에 마주한 상처 가득한 얼굴로 낮잠을 자던 사자도 비슷한 말을 내게 건네려 한 것 같다.

'여기가 우리가 있어야 할 곳이야.'

운 좋게 사자 가족이 사냥한 먹잇감으로 식사하는 모습도 볼 수
있었다. 부모 사자가 먼저 배를 채우는 동안 새끼 사자들은 서로
장난치고 있었다. 고양이처럼 보들보들한 털을 가진 새끼 사자
를 품에 안아 보고 싶다는 위험한 생각이 들 정도로 작고 소중했
다. 초원을 호령하는 맹수로 성장할 그들은 부모의 식사가 끝나
자마자 작은 다리로 깡총깡총 뛰어가 식사를 시작했다.

새끼들을 평화롭게 바라보는 부모 사자는 서로에게 기대 휴식을 취했다. 삶이 끝나는 시점인 동시에 삶이 이어지는 지점이기도 했다. 약한 동물은 먹히고 강한 동물은 살아남는 자연의 이치 앞에 최상위 포식자임을 자랑하는 인간은 숨을 죽였다.

'인간의 이기심이 가득한 동물원에는 이제 못 가겠다.'

그런가 하면 맹수로부터 동료를 지키려는 수십 마리 누우 떼의 감동적인 투쟁도 목격할 수 있었다. 사자 한 마리가 누우를 사냥하기 위해 호시탐탐 기회를 엿보고 있었다. 이미 누우 떼는 그런 사자를 눈치채고 있었다. 표적인 새끼 누우를 가장 안쪽에 놓고 사자가 걸음을 옮길 때마다 수십 마리의 누우가 겹겹이 원을 그리며 동족을 지켰다. 결국 사자는 포기하고 터덜터덜 걸어가 시야에서 사라졌다. 누우 떼의 안도하는 숨소리가 들리는 듯했다. 가족과 동료를 지키기 위해 목숨을 걸고 살아간다는 점에서는 인간도 동물도 별다를 것이 없다.

'누군가를 비난할 때 동물과 다를 게 뭐냐는 표현도 이제는 못 쓰겠다.'

야생 동물도 멋있었지만 사흘 동안 가이드해 준 드라이버도 참 잘 만났던 것 같다. 창문 밖으로 사자 사진 찍겠다고 팔을 쑥 내밀었다가 물리고 싶냐고 혼나기도 하고, 패트릭 눈치 보며 지프차 위로 기어 올라가 기어코 사진을 찍기도 했다. 표범, 치타, 하이에나를 어떻게 구분하냐는 질문에 별 이상한 질문도 다 한다는 표정을 짓다가도 잘 대답해 주는 그였다. 늘 단호하고 무서운 표정인 그가 사자 가족의 밥 먹는 모습에 폭 빠져 있는 우리에게 말했다.

"동물도 좋은데 말이야, 뒤를 한 번 봐 봐. 가장 멋진 노을을 놓치지 말라고."

빨간색, 주황색, 분홍색, 노란색이 겹겹이 쌓인 비단처럼 고운 색깔이 하늘을 가득 메우고 있었다. 예쁘다, 아름답다는 말로는 부족했다. 인간이 절대 구현해 낼 수 없는 오묘한 빛깔이 초원을 휘감고 있었다. 오로지 자연의 소리와 빛으로 가득한 마사이마라. 카메라에 담을 수 없는 그 하늘을 눈에 가득 담았다. 덥지도 춥지도 않은 적당한 온도와 살랑살랑 부는 저녁 바람, 어디선가 날아온 독수리가 하늘을 날다가 살포시 나뭇가지에 앉는 모습까지. 붉은색이 점점 사라지고 별이 점점 모습을 드러내기 시작하는 10~20분 정도의 짧은 순간. 그 순간은 누구도 부럽지 않고 아무것도 생각나지 않을 정도로 완벽했다.

한국에 돌아가면 또다시 정신없이 달려 나가야 할 것이다. 취직이든 뭐든 눈앞에 닥친 현실 때문에 여행에서 느낀 여유로움과 경이로움을 뒤로한 채 매일매일의 삶을 살아가야 할 것이다. 밤하늘의 별도, 해 질 녘 노을도, 찬란하게 빛나는 일출에도 마음을 줄 여유 없이 간신히 버텨 내며 살지도 모른다. 자기 삶에 책임을 다하기 위해 열심히 살아가는 모습이겠지만, 그런 순간에 누군가 내 귓가에 속삭여 주면 좋겠다.

뒤를 돌아봐.

가끔은 열심히 살아야 할 이유를
등 뒤에서 찾을 수 있어.

"우리는 다 같은 신의 자식이야," 탄자니아

We are the One

킬리만자로가 보이는 '모시'라는 작은 동네. 100만 원이 훌쩍 넘는 킬리만자로 등반 비용에 등산은 일찌감치 포기했지만, 눈에라도 담고 싶어 잠시 들렀다. 버스 정류장에서 큰 배낭을 메고 있으니 택시 기사가 하나둘 다가오기 시작했다. 후기를 찾아보고 예약한 숙소였기에 택시비가 대충 얼마인지 아는데 기사들은 더 비싼 가격을 불렀다.

"그 가격에 태워 줄 택시 기사 못 찾을걸?"

몇몇 기사가 자기들끼리 눈빛을 주고받으며 씨익 웃기도 했다.
어차피 못 걸어갈 걸 알고 있으니 배짱 좋게 비싼 가격을 부른
것이다. 화가 부글부글 끓어올라 기사들에게 외국인이라고 비싼
가격 부르지 말라고 살짝 언성을 높였다. 그때였다.

"꼭 그렇게 할 필요 없잖아?"

소리가 들리는 쪽으로 돌아보니 깔끔하게 차려입은 한 남성이
이쪽으로 걸어오고 있었다. 돌아가는 상황을 지켜보다가 편을
들어 주려고 온 것이다. 택시 기사는 알아들을 수 없는 탄자니아
말로 쏘아붙이며 그를 향해 언성을 높였다. 그는 침착하게 대응
하고 있었지만, 괜히 싸우게 만들어 일이 커질까 봐 무섭기도 했
다. 주위에서 시선이 쏠리는 것이 느껴져 다가갔다.

"그냥 택시 기사들이 부르는 가격으로 타는 게 좋을 것 같아. 도
와줘서 고마워."
"혹시 위험한 상황이 생길 수도 있으니, 같이 이동해 줄게. 나도
그쪽으로 가는 길이야."
"정말 고마운데 미안하기도 하네."
"우리는 다 같은 신의 자식이야. 외국인 구분하지 않고 같은 인

간이니까 도와주는 거야.”

김해공항을 떠난 이후로 늘 외국인이요 이방인임을 자처하던 나
였다. 현지 사람들의 일상이 묻어 나는 골목에서 그들에게 동화
되기를 바라면서도, 내 일기장에는 외국인이라는 단어가 매일
같이 적혔다. 생김새가 다른 나를 빤히 쳐다보는 사람들과 나 사
이에는 늘 구분하는 선이 있었고, 이질감 가득한 눈빛으로 그들
을 바라보았다. ‘모두 같은 인간’이라는 진심이 담긴 그의 한마
디는 구분선 뒤의 이중적인 모습의 나를 한 걸음 앞으로 이끌어
냈다. 그의 앞에는 서로 다른 모습을 한 친구만 있을 뿐이었다.

숙소 앞에 잠시 정차한 뒤 멀어져 가는 택시에서 그가 창문을 열고 손을 흔들었다. 그의 이름도 SNS 계정도 아는 것 하나 없이 스쳐 지나갔지만, 그의 아름다운 마음은 아직도 빛나고 있다. 신의 축복이 있기를! God bless you!

내가 하고 싶은 여행은

탄자니아의 잔지바르는 굉장히 유명한 휴양 섬이다. 블루 사파이어 빛깔의 해변이 펼쳐져 있고, 저녁 6시면 야시장이 열려 맛있는 음식도 충분히 먹을 수 있다. 아프리카에서 노예 무역을 할 당시 노예 시장이 잔지바르에서 열렸기 때문에 그와 관련된 투어를 하며 역사를 배울 수도 있고, 유명한 능귀 해변과 사파리 투어 등 볼거리가 매우 많다.

그 좋은 곳에서 나는 여행 권태기를 맞이했다.

바닷가에 멍하니 앉아 있기만 했다. 중학생 때까지 바닷가에 살았으면서도 물을 좋아하지 않아 수영할 줄 모르고, 여름에 아이들 사이에 있으면 하얀 피부가 돋보일 정도로 야외 활동을 좋아하지 않았다. 그래서 그런지 잔지바르에 와서는 뭘 해야 할지 몰랐다. 케냐에서는 그렇게 신나게 다녔는데 탄자니아에서는 경치 좋은 레스토랑에 앉아 맥주를 마시며 지는 노을을 보는 것이 가장 큰 일과가 되었다. 시티 투어도, 유명하다는 해변도, 사파리 투어도 전혀 흥미가 생기지 않았다.

'여행 좀 했다고 풍경을 지겨워하고 앉아 있네. 여긴 아프리칸데.'

아침마다 투어를 할까 말까 고민하다가 결국 향하는 곳은 해변에 있는 카페였다. 가방에 오랫동안 쳐박혀 있던 시집 『사랑하라, 한 번도 상처받지 않은 것처럼』을 테이블에 올려 두고 시원한 맥주를 주문했다. 신발을 벗고 고운 모래 위에 발을 올려놓았다. 슬리퍼 모양대로 그을린 발등 위로 모래가 흘러내렸다. 발가락 사이사이 남아 있는 사금이 자이살메르의 기억을 불러오더니, 100일 동안의 굵직한 순간들이 주마등처럼 스쳐 지나갔다. 안나푸르나와 열기구 투어, 피라미드, 마사이마라를 생각하니 가슴이 다시 설레기 시작했다. 섬을 나가는 티켓 일정을 여유롭게 잡은 것이 살짝 후회되었다. 맥주로 씁쓸함을 달래며 바닷바람에 휘날리는 시집을 펼쳤다. 한 문구가 눈에 들어왔다.

"생이 끝났을 때 나는 말하고 싶다.
내 생애 동안 나는 경이로움과 결혼한 신부였다고.
세상을 두 팔에 안은 신랑이었다고.
단지 이 세상을 방문한 것으로 생을 마치지는 않으리라."
- 〈생이 끝났을 때〉, 메리 올리버

잔지바르의 해변은 매 순간 반짝이는 윤슬을 뿜어내고 있었지만, 나의 눈은 핸드폰 속 사진을 향해 있었다. 잔지바르에서 뭔가를 할 때는 즐거움을 느끼지 못한 채, 다른 사람들이 여기에서 무엇을 하는지만 눈이 빠져라 보고 따라 할 생각만 했다. 가방 제일 깊은 곳에서 묵묵히 제 시간을 기다리던 한 구절이 내 눈에서 타성 한 꺼풀을 벗겨 내고 핸드폰으로부터 시선을 거둬들이게 했다.

메뉴판을 들어 랍스터와 맥주를 주문했다. 반짝반짝 빛나는 조명으로 둘러싸인 해변 쪽 테이블로 자리를 옮겨 가장 잔지바르다운, 가장 나다운 저녁을 보냈다.

빅토리아 폭포 속에서 춤을, 잠비아

탄자니아에서 잠비아, 죽음의 버스 이동

푹 쉬었던 잔지바르를 뒤로하고 잠비아로 넘어가는 날이다. 대부분 여행자는 필수 코스인 타자라 열차를 이용하지만, 전석 매진이라 버스를 타고 넘어가야 했다. 그때는 몰랐다. 죽을 만큼 힘든 사흘이 될 거라는 걸. 새벽녘, '프리미엄'이라는 글자가 적힌 버스를 탔다.

'오호, 아프리카의 프리미엄 버스라. 기대해도 되려나?'

섣부른 기대는 때로 큰 고통이 되기도 한다. 90도 직각 좌석, 네 팔의 버스에서 그랬던 것처럼 온갖 곡물이 버스 뒤쪽을 채우고 있었다. 어쩌면 바퀴벌레와 다시 조우할 수도 있겠다는 생각을 하며 자리에 앉았다. 국경 지대까지 꼬박 이틀을 달렸다. 가끔 멈춰 서는 허허벌판이 화장실이었고, 그때마다 우르르 몰려드는 현지인들에게서 구매한 과일로 배를 채웠다.

이틀째 되던 날, 잠들다 깨기를 반복하다 보니 해는 어느새 지평선 너머로 자취를 감추고 어둠이 스멀스멀 기어 나오기 시작했다. 버스 기사가 터미널 같은 곳에서 시동을 껐다. 그리고 나에게 다가와 말했다.

"아웃사이드 노."
손가락으로 밖을 가리키며 나가지 말라는 제스처.

깜깜해진 밖에는 두 눈만 반짝이는 들개들이 어슬렁거렸고, 어디선가 유리병 깨지는 소리가 들려왔다. 그 흔한 자동차 소리도, 행인의 발걸음 소리도 들리지 않았다. 문이 굳게 닫힌 버스 안에서 할 수 있는 건 좁은 좌석에 쪼그리고 누워 억지로 잠을 청하는 것뿐이었다.

"밥 먹자."

익숙한 목소리가 어렴풋이 들려왔다. 고개를 돌리니 엄마가 있었다. 돼지고기를 듬뿍 넣고 끓인 김치찌개에서 김이 모락모락 났다. 찌개 냄새 가득한 거실은 햇빛을 받아 따뜻했고, 머리에 까치집을 한 남동생과 여동생이 방문을 열고 나와 식탁에 앉았다.

"물김치 다 묵읏나?"

아빠는 허리 한쪽을 짚은 채, 의자에 앉으며 말했다. 현관에 서 있던 나는 주방 쪽으로 걸어가며 말했다.

"엄마, 물김치 어딨는데?"

고개를 돌리는 엄마. 집 떠나 3개월 만에 마주한 엄마의 얼굴이었다. 반가운 마음에 달려갔지만 엄마의 얼굴이 점점 희미해져 갔고, 곧이어 나타난 것은 어두운 밤하늘에 홀로 빛나고 있는 달이었다.

'꿈이었구나.'

부스럭거리며 일어나는 소리에 의자 밑에서 샤사샥 소리가 났다. 핸드폰 불빛을 비추니 검은 형체들이 급하게 모습을 감추었다. 버스 문은 닫혀 있으니 아마도 어딘가에서 눈치를 보다가 조용해지면 다시 나타나 내 신발 어귀의 과일 껍질을 둘러쌀 것이다. 바퀴벌레 가득한 버스 안, 이틀 동안 씻지도 눕지도 못한 채 계속되는 버스 여행, 갑자기 강도가 나타난다고 해도 전혀 이상할 것 없는 무법지대. 멋스러워 보이던 고생이 갑자기 버겁게 느껴졌다. 잔지바르 해변에서 훌훌 털어 버렸다고 생각했던 권태가 달빛이 스산하게 비추는 새벽녘, 다시 내 머릿속을 잠식하기 시작했다.

'이제는 진짜 집에 돌아가고 싶다.'

거의 사흘 만에 진동하는 버스에서 내려 평평한 땅바닥을 밟고 선 순간, 세계 3대 폭포고 뭐고 샤워할 수 있는 깨끗한 물줄기만 간절했다. 사흘 만에 흙먼지를 씻어 내고 침대에 누워 까무룩 잠이 들 때까지 내 핸드폰 화면에는 한국행 비행기 스케줄만이 가득했다.

빅토리아 폭포

잠비아에서 한국으로 돌아갈까, 여행을 계속 이어 갈까 고민이 꼬리에 꼬리를 물었다. 숙소에서 제공하는 차량으로 빅토리아 폭포가 있는 잠비아-짐바브웨 국경으로 가는 순간에도 머릿속이 잠비아 정세만큼이나 어지러웠다.

"1억 콰차 줄 테니까 1달러랑 바꾸자."
"우비 필요할걸? 3달러야."

현지인이 폭락한 자국의 화폐를 흔들면서 달러랑 교환하자며 다가왔다. 우리나라 돈으로 치면 50억이 훨씬 넘는 돈이었다. 50억보다 비싼 우비를 하나 사고 잠비아 화폐는 기념품으로 간직하기 위해 교환했다. 우비를 꺼내 입고 폭포가 있는 국립공원 입구에 도착했다. 그제야 수영복을 입고 있는 사람들이 눈이 보이기 시작했다.

'수영할 건가?' 순수한 생각이었다.
그때는 몰랐다. 빅토리아의 위용을.

어디선가 '쏴–' 하는 소리가 들렸다. 새벽녘 갑작스럽게 굵은 비가 내릴 때와 비슷한 소리였다. 줄을 서서 기다리는 동안 서서히 물줄기 소리에 녹아들었다. 사람들의 들뜬 목소리와 설레는 표정, 연신 울리는 카메라 셔터 소리 삼중주가 대기 속 빅토리아의 물방울에 섞이기 시작했다. 그리고 곧 메말라 버린 내 마음속 대지에 생명력 가득 품은 단비가 되어 내렸다. 잔뜩 드리웠던 먹구름이 서서히 걷히고, 비를 맞은 대지가 다시 푸릇푸릇 빛나기 시작했다. 머릿속 가득하던 고민도 먹구름과 함께 물러가고, 주위를 가득 채운 들뜬 에너지가 나에게 스며들기 시작했다.

'나중에 돌이켜보면 다시 돌아가길 간절히 바라게 될 오늘이겠지. 아프리카는 아직 나에게 보여 줄 게 많을 테니 지난 사흘간의 고통은 잊어버리자.'

표를 끊고 폭포를 향해 발걸음을 재촉했다. 반나절만 머무를 계획은 이미 말끔히 지웠다. 마침내 마주한 폭포는 내가 개미로 느껴질 만큼 거대했다. 폭포의 길이는 1,000m, 높이는 100m다. 아파트 40층 높이에서 굉음을 낼 정도의 물이 쏟아지고 있었다. 폭포에서 떨어져 나온 물방울이 공기 중에 가득했고 곳곳에 무지개가 떠 있었다. 주위에 있는 사람들의 표정은 어른, 아이 할 것 없이 해맑았다. 인간의 손을 타지 않은 경이로운 자연을 맞이할 때 나오는 특유의 반짝거림이 얼굴에 가득했다.

나는 완전히 적셔지기로 했다. 걸리적거리는 우비를 벗어 던지고 가장 좋아하는 노래를 크게 틀고는 물줄기에 폭 안겨 있는 다리를 향해 걸어 들어갔다. 숨쉬기가 벅찰 만큼의 물보라를 쏟아내는 빅토리아의 품에서 물장구를 치고 노래에 맞춰 춤을 췄다.

아프리카를 떠날 생각을 하다가 돌아온 나를 반기듯, 잠시라도 모든 걸 내려놓은 나를 감싸 주듯, 빅토리아는 무지개 가득한 물줄기를 잠시도 쉬지 않고 쏟아 내었다.

춤이라면 질색하던 사람이 춤추는 것처럼, 새로운 모습이 여행 중에 불쑥불쑥 튀어나왔다. 울면서 한국을 떠나던 쫄보인 내가 아시아를 지나 아프리카 한가운데를 거닐면서 새로운 내 모습을 많이 만났다. 그럴 때면 늘 짜릿했다. 내 모습은 다양해졌고 내 삶도 다채로워졌다. 빅토리아의 쏟아지는 물줄기 안에서 다시 한번 깨달았다. 여행이 나에게 소중한 이유.

아직도 그 춤추는 영상을 가끔 틀어 본다. 엉성해 보이는 동작으로 가득하지만 표정만큼은 더할 나위 없이 행복해 보인다. 웃음소리와 비명은 수천 톤의 물이 만들어 내는 소리에 파묻혔지만, 그 웅장한 물소리를 듣는 것만으로도 삶에 힐링이 된다. 사진첩에 잠들어 있는 빅토리아 폭포를 어쩌다 깨울 때면 그 쏟아지는 물줄기가 내게 말하는 듯하다.

'이 순간을 잊지 말고 안주하지 말 것. 우리의 삶은 생각하는 것보다 더 넓어질 수 있으니까.'

꽃보다 청춘 말고 꽃보다 코메드, 나미비아

우리는 세계 최초가 되었다

여행을 떠나기 1년 전인 2016년 〈꽃보다 청춘〉이라는 프로그램이 인기를 끌었다. 〈응답하라 1988〉에 출연한 배우들이 준비도 없이 아프리카에 떨어지는 에피소드였다. 그들은 나미비아에서 시작해 빅폴까지 꾸밈없는 청춘의 모습으로 여행했다. 나는 언제 저런 곳에 가 보나 부럽기만 했는데 딱 1년 후인 2017년 6월, 내가 나미비아에 있었다.

일정이 맞아 함께 여행하게 된 팀원들과 가장 아름다운 일출을 볼 수 있는 나미브 사막에 도착했다. 설레는 마음에 모두 약속이라도 한 듯 새벽에 눈을 떴다. 가장 좋은 일출 명소인 모래 언덕 듄 45를 올라가는 데 시간이 꽤 걸린다고 해서 일찍 출발하기로 했다. 입구에 도착하니 직원은 없고 정문 옆 샛길에 자동차 바퀴 흔적이 보였다. 우리보다 먼저 들어간 사람이 있나 보다 하며 따라 들어갔다.

아무도 없는 사막 길을 우리 일행은 전세라도 낸 듯 씽씽 달려 어느새 듄 45 앞에 도착했다. 그리고 이제 거대한 모래 언덕을 올라갈 차례다. 모래가 몸을 잡아끄는 듯 발이 푹푹 빠져 체력이 2배, 3배로 들었다. 혼자였으면 힘들기만 했을 길, 그러나 비슷한 행색을 하고 낑낑거리는 팀원들이 있어 즐겁기만 했다. 불어오는 바람 때문에 모래가 입에 눈에 코에 마구 들어가고 얼굴은 따갑고. 서로의 몰골을 보며 낄낄 웃었다. 마침내 도착한 아무도 없는 모래 언덕 정상. 우리는 전깃줄 위의 참새처럼 한 줄로 쪼르르 앉았다. 숨을 가다듬고 있자니 까맣게만 보이던 세상에서 가장 오래된 사막이 서서히 붉어지기 시작했다. 햇빛은 대지를 뒤덮고 있던 밤의 장막을 천천히 걷어 냈다. 그러고는 사막 곳곳에 잠들어 있는 모래들을 깨워 알록달록 옷을 입혔다. 사막이 완전히 깨어나자 햇빛은 본격적으로 제 역할을 하기 시작했다.

부드러웠던 아침의 눈빛은 온데간데없이 강렬하게 내리쬐기 시
작했다.

말 없이 혼자만의 시간을 보내던 우리는 다시 모여들었다. 몰래 찍은 산발 머리를 한 팀원의 사진을 보고 한참을 깔깔거리다가 내려갈 채비를 했다. 누가 먼저랄 것 없이 모래 경사면을 따라 달리고 굴렀다. 고운 모래를 하늘을 향해 흩뿌리며 예술혼을 불태우다가 한참이 지나서야 내려온 우리는 웬 차가 우리 차를 가로막고 있는 것을 보았다.

"차 빼 줘. 우리 나갈 거야."
"못 나가. 너희는 나미비아 국립공원 법을 어겼어."

이리저리 노느라 흩어져서 내려온 일행이 다 모이자 차 안에서 줄곧 거들먹거리는 태도로 일관하던 직원이 내렸다. 공원 관리 매니저라고 했다. 모두 여행 경험이 많았기에 사기꾼들이 공무원을 사칭해 돈을 뺏는 사례를 익히 알고 있었다. 당연히 이 사람도 그런 부류인 줄 알았다. 우리는 계속 반발했다.

"우리한테 벌금을 빙자해서 돈 뜯으려는 거 아냐? 너는 누군데?"
"나 공원 매니저라니까."
"어떻게 믿지? 너 사기 치는 거 아냐?"

계속 말을 안 듣는 우리에게 화가 났는지 그가 꽥 소리를 질렀다.

"너희는 나미비아 법을 어겼다고! 내일이라도 당장 강제 추방할 수 있어!"

조금씩 분위기가 심각해졌기에 사무실에 가서 확인하자고 했다. 우리는 차를 타고 사무실로 이동했다. 제리라고 적힌 명패가 떡하니 놓여 있었다. 진짜 공원 매니저였던 것이다. 그제야 우리는 사태를 파악했다. 듄 45를 오르기 위해서는 새벽 6시쯤 직원이 게이트를 열면 직원 차를 따라 일렬로 들어와야 하는데, 우리는 그보다 먼저 게이트 옆 샛길로 들어온 것이다.

"난 사기꾼이 아니고, 너희는 법을 어긴 거야. 내일이라도 당장 추방되거나, 아니면 벌금 4,000랜드가 부과될 거야!"
제리가 씩씩거리며 말했다.

"4,000랜드면 얼만데. 뭐고? 30만 원이 넘는데?"
"진짜 추방되면 어떡해?"

10분 전까지만 해도 한없이 당당하던 우리의 어깨가 순식간에 오그라들었다. 제리가 진정하기를 기다렸다가 슬쩍 다가가 말을 건넸다.

"아까 의심한 거 미안해. 일요일 쉬는 날에 우리 때문에 고생이 많지?"

"우리는 가난한 여행객이라 돈이 없는데 벌금 좀 깎아 줄 수 있을까?"

"이렇게 이쁜 나미비아를 더 오래 보고 싶어. 멀리 한국에서 왔는데 지금 쫓겨나면 평생 못 올지도 몰라. 봐줘…."

배를 곯지 않기 위해, 추방당하지 않기 위해 우리는 진심을 담아 이야기했다.

"매니저보다 먼저 새벽에 공원에 들어간 사람은 너희가 처음이야. 다시는 이러지 마."

결국 그는 부탁을 들어주었다.

"봐준대! 벌금도 깎았어!"

밖에 모여 회의하고 있는 일행에게 기뻐서 소리쳤다. 근심 걱정 가득했던 일행의 얼굴에 숨길 수 없는 미소가 피어올랐다. 벌금을 내고 떠나는 길에 제리와 손 흔들고 웃으며 인사했다. 어찌됐든 해피엔딩이었다. 벌금으로 예상치 못한 지출이 생겼으니 다른 데서 돈을 아껴야 했다. 하지만 맥주를 포기할 순 없었다. 불명예로 세계 최초가 된 우리는 맥주를 들고 빙 둘러앉아 위기를 극복한 안도의 깊은 한숨을 내쉬었다. 아마도 평생 잊지 못할 것이다.

가끔 팀원들과 연락할 때면 카톡방에는 같이 해 먹은 밥, 몰래 찍은 엽기적인 사진, 사막 사진, 그리고 추방 이야기가 쏟아진다. 7년이 지난 지금도. 절체절명의 위기였던 순간이 팍팍한 일상 속에 잔잔한 미소를 짓게 해 주는 선물이 되었다. 행복한 추억을 공유하는 우리는 늘 궁금하다.

"제리는 잘 지내고 있을까? 아직도 우리가 세계 최초일까?"

아프리카 대륙의 최남단, 남아프리카공화국

Thank you, 인종차별주의자!

"멍청한 아시아인들, 너희 나라로 꺼져!"

부슬부슬 비가 내리던 날, 언 몸을 녹이기 위해 따뜻한 커피를 한 잔 마시고 숙소로 향하던 중이었다. 신호 대기 중인 흰색 승용차에서 50대로 보이는 남성이 창문을 내리더니 가운뎃손가락을 번쩍 치켜들며 소리쳤다.

"Fucking Asian!"

비열한 웃음소리가 도로에 울려 퍼졌다. 기차 화통을 삶아 먹었는지 목소리가 엄청 컸고, 욕은 찰지게 귀에 박혔다. 그는 가운뎃손가락을 힘껏 펼쳐 내보이며 눈에서 멀어져 갔다. 5초 정도의 짧은 순간이었다. 어린아이들의 칭챙총 소리는 몇 번 들었지만, 나이 지긋한 성인의 무개념 행동은 처음이었다. 부아앙 소리를 내며 그가 멀어져 갈 때쯤에야 상황 파악이 되었다.

'나도 욕할 수 있는데! 똑같이 해 줄걸!'

억울해서 발을 동동 굴렀지만 어쩔 수 없었다. 그날 밤 침대에 누워서도 분함이 사그라지지 않아 이불킥을 해 댔다. 다음에는 당하고만 있지 않겠다고 씩씩대며 열불을 내다가 잠이 들었다. 그리고 며칠 뒤, 차를 렌트해 희망봉으로 가는 날이었다. 시원하게 뻗은 도로를 신나게 달리고 있는데 옆 차선에 흰색 픽업트럭 운전자가 손가락질을 했다.

'아, 또 시작이야.'

차를 운전하고 있었기에 위험한 상황이 발생할 수도 있었다. 그래서 손으로 저리 가라는 제스처만 했다. 속도를 내며 앞질러 가는데 그 남자가 따라붙었다. 참지 않고 똑같이 욕을 해 줄 거라고 다짐했기에 속도를 늦추며 창문을 내렸다.

그 남자도 창문을 내렸다. 목구멍까지 할 말이 가득 차올랐다.

"야, 이….”

"보닛 열렸다고! 앞에 봐 봐!”

앞을 보니 차 보닛이 제대로 닫히지 않은 채 살짝 열려 있었다. 그걸 보고 상황을 알려 주기 위해 보닛을 가리킨 것이었다. 얼굴이 화끈거렸다. 오해받은 그는 기분이 나쁠 법도 한데 엄지를 치켜세우더니 씽긋 웃으며 지나갔다. 그렇게 부끄러울 수가 없었다.

'우리는 다 같은 신의 자식이야, 돕고 살아야지.'
'너의 인도 여행이 즐겁길 바라.'

매 순간 나와 함께 살아 있다고 생각했던 배움들은 'Fucking Asian'이라는 소리에 증발해 버렸고, 모든 사람 모든 행동에 똑같은 프레임을 씌우고 있었다. 그가 참 못난 사람이라고 분노했는데, 실은 나 역시 못난 사람이었다. 이전과는 다른 사람이 되어 있다고 생각했던 오만함은 씽긋 웃던 미소와 함께 내려쳐진 철퇴로 다행히 산산이 깨졌다.

테이블 마운틴, 끝의 시작

서울만큼 발전한 도시인 케이프타운의 곳곳을 돌아다니다가 고
개를 돌리면 항상 테이블 마운틴이 보인다. 산 정상이 식탁처럼
평평한 테이블 마운틴을 나의 첫 세계 여행의 마지막 하이킹 장
소로 삼았다.

걸어서 올라가면 왕복 네 시간이 걸려 케이블카를 타고 싶었지

만, 이용 요금이 너무 비쌌다. 여행의 막바지라 남은 돈이 거의 없었던 나는 걸어 올라가기로 했다. 두 시간밖에(?) 걸리지 않았고, 강도가 있다는 말을 들었지만 솔직히 털릴 돈도 없었다. 다행히 별다른 일 없이 세 시간가량 걸어서 산 정상에 올랐다.

케이프타운은 네모난 모자를 쓰고 대서양을 향해 활짝 팔을 벌린 어린아이 같았다. 내가 걸어 다닌 곳들이 그 품 안에 있었다. 자전거를 빌려 달렸던 클리프턴 비치는 대서양에서 태어난 파도를 안아 주고 있었고, 빨주노초파남보 무지개색 옷을 입은 보캅

마을은 어린 시절 소중한 추억처럼 자리하고 있었다. 여행 기념품을 왕창 쇼핑한 V&A 워터프론트는 석양을 휘감아 금빛 대서양과 함께 몽환적인 분위기를 자아내고 있었다.

가쁜 숨을 몰아쉬며 도시가 한눈에 내려다보이는 곳에 앉았다. 하늘 아래 빨간색, 노란색, 주황색 물감을 한데 풀어 놓은 듯한 한 곳 한 곳을 섬세하게 바라보며 머릿속에 아로새겼다. 150일 간의 추억이 밀려와 가슴이 한껏 부풀어 올랐다. 하지만 마지막 여행지라는 사실에 금세 눈가가 시려 왔다. 마지막 여행지의 스치는 바람 한 올도 붙잡고 싶었고, 금빛 석양이 너무 아름다워 슬퍼지려고 했다. 그때 며칠 뒤 출발하는 한국행 비행기 스케줄을 확인하는 메일이 '띵동' 소리를 내며 도착했다.

'이렇게 자유로운 날들을 또 마주할 수 있을까?'

만감이 교차하는 눈으로 마지막인 행선지인 희망봉이 있는 남쪽을 바라보았다.

최고의 날은 아직 살지 않은 날들, 희망봉

희망봉, 아프리카 대륙의 최남단. (더 정확히 말하면 동남쪽으로
150km 떨어진 아굴라스곶이 진짜 최남단이다.) 포르투갈 탐험
가가 인도로 가는 여정 중에 발견한 곳. 그곳이 나의 마지막 목
적지가 되었다.

'마산 촌년, 출세했다. 아프리카까지 오고.'

마산 앞바다에서 넘실대며 흘러와 이곳 인도양과 대서양이 만나는 지점에 섰다. 7월 한겨울인 아프리카의 차가운 바람이 불어왔지만, 하얀 등대 언저리에 한참 동안 앉아 있었다. 5개월 전 한국을 떠나던 날을 시작으로 내가 마주했던 세상이 물밀듯이 다가왔다.

아찔했던 핸드폰 잃어버린 날.
이제는 추억이다. 희망은 품고 두려움은 껴안아 보자.
안나푸르나는 내게 자신감을 선물해 줬다.
하고 싶은 일이 있다면 일단 도전해 보자.
위험할 줄 알았던 인도는 너무나 사랑스러웠다.
미디어 너머의 세상은 더 넓다는 걸 잊지 말자.
친절한 사람들이 없었다면 내 여행은 풍요롭지 않았을 것이다.
나도 멋있는 사람이 되자.
또 다른 빅토리아 폭포, 피라미드, 팅커벨의 동네를 찾아 내 세상을 계속해서 넓히자.

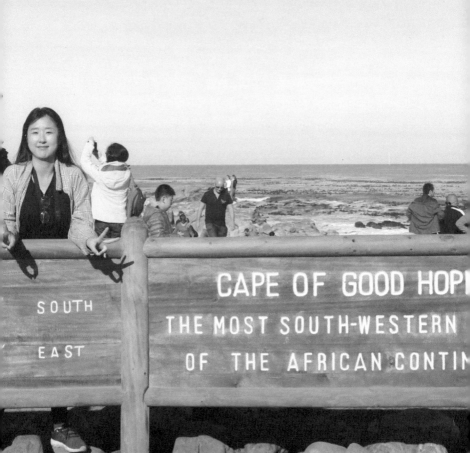

희망봉에서 진짜 '희망'을 찾았다. 새롭게 펼쳐질 내 삶에 대한 넘실대는 희망을 가득 품었다. 일기장에 옮겨 적은 시 한 편을 소리 내어 읽으며 아프리카에서의 마지막 밤을 보냈다.

"가장 훌륭한 시는 아직 쓰이지 않았다
가장 아름다운 노래는 아직 불리지 않았다
가장 넓은 바다는 아직 항해되지 않았고
가장 먼 여행은 아직 끝나지 않았다
불멸의 춤은 아직 추어지지 않았으며
가장 빛나는 별은 아직 발견되지 않은 별
최고의 날들은 아직 살지 않은 날들
무엇을 해야 할지 더 이상 알 수 없을 때
그때 비로소 진정한 무엇인가를 할 수 있다
어느 길로 가야 할지 더 이상 알 수 없을 때
그때가 진정한 여행의 시작이다."

· 나짐 히크메트 ·

CH 4

경험이 경험만으로 남지 않도록

여행했다고 삶이 바뀌진 않았지만

"아프리카까지 갔다매! 살아 돌아왔네? 칼 들고 안 덤비더나?"

"아무도 안 덤비던데? 그지같이 입고 다녀서 그런가?"

"인도 사람들 진짜 손으로 먹드나? 인도에서 사건 사고가 제일 많이 일어난다던데."

"관광지에서는 수저 다 주던데? 인도 가기 전에는 엄청 쫄았는데 막상 가 보니까 착한 사람이 더 많더라."

"히말라야? 니가? 무학산도 안 올라가면서."

"미쳤지, 진짜. 중간에 내려갈 뻔했는데 걸어온 게 억울해서 쭉 갔다 아이가. 직접 보니까 고생한 게 다 값어치가 있더라. 니도 갔다 온나. 딱 7일만 걸으면 된다. 살 쪽쪽 빠진다."

한국으로 돌아온 지 일주일이 지났다. 일주일 전만 해도 아프리카였다는 것이 믿기지 않을 정도로 한국에서의 생활이 익숙해졌다. 조금이라도 환율을 좋게 쳐주는 환전소를 찾고, 다음 여행할 나라를 선택하고 이동 경로를 검색하던 일과는 어느새 추억이 되었다. 유명한 세계 여행가들의 여행 에세이 출판은 딴 사람들 이야기였고, 나의 현실은 가진 돈 하나 없이 집에서 한량 생활을 하는 백수였다.

그럼에도 불구하고, 여행은 나에게 한 가지는 확실하게 가르쳐

주었다.

'누구나' 꿈꾸는 대로 살길 원하지만 '아무나' 그렇게 될 수 없다. 하지만 내가 그 '아무나'가 되지 말라는 법은 없다.

우선 이전과 다른 삶을 살기로 했다. 그 첫 번째 결단은 병원으로 돌아가지 않기로 한 것이다. 4년간 배운 전공을 버리고 새로운 길을 찾기로 했다. '내가 잘하는 게 뭘까? 뭘 좋아할까?' 섭사리 답이 떠오르지 않는 질문에 여행 사진을 둘러보면서 울적한 마음을 달래며 시간을 보냈다.

'아, 나 영어로 5개월 동안 말하고 다녔네?'
'벌금도 깎고, 차도 빌리고, 투어도 예약하고.'

생각해 보니 중학생 때도 고등학생 때도 수학은 일찌감치 포기했지만, 영어 성적은 꾸준히 좋았다. 대학생이 되어서도 토익 때문에 딱히 스트레스받지는 않았다.

'제 밥그릇 하나씩은 가지고 태어난다던데, 혹시 이건가?'

도전해 보기로 했다. 영어 학원 몇 군데를 찾아보다가 한 군데에 원서를 넣었는데, 다행히 1차 면접을 통과했다.

2차 면접인 시범 강의가 있는 날, 간단한 문법 설명이었기에 마음 편하게 임했다.

"to 부정사는 해석 방법이 다양한데, 명사적 용법 들어 봤죠? 'because' 뜻 정도는 알죠?"
"참나⋯."

다시 생각해도 얼굴이 화끈거린다. 완전한 실패였다. 시강을 보던 대표님 표정이 점점 굳어 갔고 강의실 공기는 무겁기만 했다. 망했다. 얼굴이 붉으락푸르락해졌고 쥐구멍에라도 숨고 싶었다. 바로 그때, 나도 모르게 안나푸르나가 떠올랐다. 만년설을 눈앞에 두고 '내가 무슨?' 해 버리는 무의식을 깨 버리기로 다짐했던 순간. 안나푸르나를 마주하며 가득 충전했던 자신감을 조금 꺼내 써 보기로 했다.

'내가 안나푸르나도 갔다 왔는데 이거 하나 못하겠어? 하면 되지.'

자리를 정리하고 일어나려는 대표님에게 말했다.

"대표님. 저 다시 한번 기회를 주시면 안 될까요?"

살짝 당황한 표정이었지만 허락해 주셨고, 2주 뒤에 다시 하얀

색 칠판 앞에서 보드마커를 잡았다. 달달 외울 정도로 준비했던 강의 계획표를 떠올리며 입을 뗐다.

"오늘은 'to 부정사'를 배워 볼 텐데요. 그전에 큰 뿌리부터 잡고 들어갈게요. to 부정사는 동명사, 분사와 함께….."

길게만 느껴지던 10분간의 시범 강의가 끝나자 대표님이 말했다.

"좋습니다. 같이 일해 봅시다."

초등부로 시작한 강의는 곧 중등부, 고등부 강의로 스케줄이 가득 찼고, 월급은 두 배로, 2년 뒤에는 분에 넘치는 자리도 운 좋게 맡게 되었다. 흐르는 대로 살다가 내 안의 목소리에 집중해서 내린 결단으로 걷게 된 새로운 길 위에서 설레기도 하고 무섭기도 하다. 하지만 그때마다 안나푸르나의 선물을 꺼내 들고 속으로 되뇐다.

'희망은 품고, 두려움은 껴안자.'

두 번째 브레이크

4년째 되던 해에 사직서를 냈다.

어느 날부터 잠을 제대로 자지 못했다. 자려고 누워도 뜬눈으로 밤을 지새우다가 3시간 겨우 잘 뿐이었다. 갑자기 속에서 뭔가가 뚫고 나올 것처럼 답답해지고 열이 올랐다. 온몸이 빨갛게 부어오르고 간지러웠다. 한의원에서는 과도한 스트레스로 인한 화병이라고 할 뿐 속 시원한 병명은 없었다. 또 다른 증상으로 찾아간 대학병원 의사는 말했다.

"관리가 필요하기는 해요. 스트레스 조절하고 쉬어요. 딱히 나을 수 있는 건 아닌데, 관리 안 하면 심각해져요."

4년간 여러 차례 고민하던 퇴사를 결정해야 한다는 신호였다. 결국, 나는 면역체계가 무너지고 잠을 자지 못하는 몸이 보내는 격렬한 신호에 따르기로 했다. 한 달 뒤, 학생들의 기말고사를 마무리하고 퇴사했다. 어두운 방구석에 누워 오지 않는 잠을 청하던 7월의 어느 날 밤, 핸드폰에 알람이 떴다.

'4년 전 오늘을 추억해 보세요!'

2017년 7월. 귀국하기 전 남아프리카공화국에서 찍은 사진들이 핸드폰 화면을 가득 채우고 있었다. 희망봉 앞에서 환하게 웃고 있는 내 모습이 담긴 사진들.

'그때 한국에 들어오면서 서른 살 되면 무조건 다시 떠나야지 다짐했는데….'

진짜 서른 살을 마주한 2021년, 코로나바이러스가 전 세계를 덮쳤다. 나갈 수는 있지만 자유로운 여행은 불가능하기에 굳이 길을 나서지 않았다. 하지만 몸도 마음도 휴식이 필요한 시기라 제일 좋아하는 여행을 나에게 선물하고 싶었다. 4년 전, 나와의 약속을 작게나마 지키고 싶어 로망인 제주도 한 달 살기를 떠나기로 했다. 그리고 10월, 새벽에 제주항에 도착한 나는 스물여섯 살 희망봉에서의 나를 다시 만났다.

아직 사람들의 입김이 섞이지 않은 새벽 공기는 깨끗했고, 태양빛에 물들지 않은 하늘은 청아한 푸른 빛을 띠었다. 이내 고개를 내민 햇살의 따뜻한 주황색이 청아함을 물들이기 시작했다. 뻥 뚫린 제주의 아침을 달리던 그 순간에 나는 알 수 있었다. 희망봉 앞에서 만세를 부르며 꿈꾸는 대로 살 것을 다짐했던 내가 길고 긴 잠에서 깨어난 것을.

제주도 동쪽에는 높은 건물 하나 없이 철썩이는 파도 소리가 종소리처럼 넓게 퍼지는 세화리가 있다. 월정리 해변에서 해안선을 따라 쭉 내려오다 보면 한눈에 소담하게 담기는 세화해수욕장이 있다. 관광객이 잠시 쉬어 가는 그곳에서 나는 아침에는 새들의 노랫소리에 잠을 깨고, 저녁에는 파도 소리와 함께 해변을 달리며 새로운 에너지로 몸을 가득 채웠다.

차를 타고 남쪽의 조천, 서귀포 서쪽의 애월, 북쪽의 함덕으로 드라이브를 가는 게 일상이었다. 입에서 살살 녹는 에그타르트가 맛있던 카페, 귤을 따서 바로 먹을 수 있었던 카페, 이름 모를 꽃들과 노을에 둘러싸여 영화 속 한 장면 같았던 카페. 제주도 구석구석에서 행복을 차곡차곡 쌓았다.

아무것도 하고 싶지 않은 날에는 집 근처 해변에 있는 카페로 향했다. 야외 벤치에 앉아 있으면 등 뒤로 따뜻함이 잘 배어들고 바다가 잘 보이는 곳이었다. 핸드폰을 뒤집어 놓고 아무것도 하지 않고서 가만히 바다를 바라보는 오롯한 쉼. 4년간 직장 생활을 하며 하루하루 신경을 곤두세우고 살았다. 늘 뭐라도 해야 마음이 편했고 그게 맞는 줄 알았는데, 제주가 알려 줬다. 아무것도 하지 않는 시간이 때로는 완벽한 순간이라는 것을.

제주에서의 마지막 일정은 한라산 등반이었다. 4시간 30분의

대장정을 마치고 해무가 짙게 깔린 한라산 정상 바위에 걸터앉았다. 가쁘게 쉬던 숨이 잦아들 때, 2017년의 내가 2021년의 나에게 건네는 말을 들었다.

2017년 김해공항에서 시작된 첫 번째 여행도, 사직서를 내고 떠난 '제주 한 달 살기'도 무모한 걸까 무서웠지만 절대 후회하지 않을 값진 선택이었어. 앞으로 마주하게 될 많은 선택의 순간에도 내 꿈을 잊어버리지 말고 담대하게 밀어붙이자.

나도 작가가 될 수 있을까?

'글쓰기는 글을 쓰는 사람을 위해 가장 먼저 쓰입니다.'

SNS 화면에서 이리저리 파도타기를 하다가 우연히 '공저 쓰기 프로젝트'를 발견했다. 여러 사람과 함께 쓴 글을 모아 책으로 출간하는 프로젝트였다. 늘 마음 한구석에 자리하고 있던 '책 쓰기' 버킷리스트가 번뜩 떠올랐다. 신청하기 버튼을 누르고 싶었지만 무의식 하나가 내 손가락을 멈춰 세웠다.

'내가 책을 쓸 수 있을까? 책을 쓴다고 한들 누가 읽어 주기나 할까?'

자신 있는 대답이 나오지 않았다. 한껏 부풀었던 가슴이 바람 빠진 풍선처럼 쪼그라들었다. 힘없이 스크롤을 내리며 페이지 가장 끝으로 왔을 때, 내 마음에 문장 하나가 쿵 내려앉았다.

'글쓰기는 글을 쓰는 사람을 위해 가장 먼저 쓰입니다.'

누구도 아닌 나를 위해 쓰는 글. 나의 꿈을 이루기 위해 쓰는 글. 타인의 시선은 멀리 던지고 오로지 내 마음의 소리를 따르고 싶다는 생각에 과감하게 신청하기 버튼을 눌렀다.

일주일에 한 번 진행된 글쓰기 수업은 나의 과거와 현재를 한군데로 모았다. 마음속에 꾹꾹 눌러 담았던 어린 날의 눈물도, 나로서 가장 행복했던 순간도 하얀 종이 위에 글로 피어올랐다. 마음이 단단해지고 생각을 다듬을 수 있는 소중한 시간이 되었다. 한창 글 쓰는 즐거움에 빠져 있을 때, 공저 쓰기 프로젝트 동기한 분이 말했다.

"지윤 씨, 혼자 자기 책 써 볼 생각 없어요?"
"제가요? 혼자 다 쓸 수 있을까요?"
"지윤 씨가 쓴 글 읽어 보면 여행지에 직접 가 있는 것처럼 재밌더라고요. 그리고 우리 한 달 좀 넘게 걸려 초고 20페이지 썼는데, 80페이지면 책 한 권이 된다고 하더라고요. 초고도 빨리 썼고, 여행 이야기로 채운 책을 써 보는 것도 괜찮을 것 같은데, 한번 해 봐요."

그냥 흘러가는 말이었겠지만 그때부터 그 말이 귓가를 떠나지 않고 맴돌았다. '나만의 책 쓰기'라는 구름 위에 올라타 둥둥 떠도는 기분으로 며칠을 보냈다. 그러다가 에세이 작가팀 모집 공고문을 보았다. 기획서 작성, 초고, 퇴고, 출판까지 모든 과정을 직접 경험할 수 있는 프로젝트였다. 나는 주저 없이 신청했다. 구름 위에서 내려와 땅 위에 발을 디디고 씨를 뿌릴 기회를 잡고 싶었다. 마침내 방아쇠를 당겼다.

한 달 동안 아무 약속도 잡지 않고 초고 쓰기에 집중했다. 퇴근하고 자기 전까지 글을 쓰고, 주말이면 도서관 오픈런을 했다. 외장하드에 저장된 사진을 보고 있노라면 그날 그 장소에서 느꼈던 감정이 잔잔하게 퍼져 왔다. 기억 속 사람들의 표정도 목소리도 선명했지만, 기억을 글로 옮기는 일은 쉽지 않았다. 한 글자도 적히지 않은 빈 화면을 팔짱을 끼고 노려보며 글을 썼다 지우기를 반복했다. 파란 하늘이 주황빛으로 물들어 가는 줄도 모른 채 2017년의 내 감정과 기억을 끊임없이 들여다보고 또 들여다봤다.

'이렇게 살겠다고 다짐하고 한국으로 왔지.'
'나한테 이런 모습도 있었지.'
'이 일이 그래서 나에게 일어났구나.'

페이지 수가 늘어날수록 희미해졌던 소망이 다시금 짙어졌다. 150일간의 시간을 글로 써 내려가며 안나푸르나에서의 다짐을, 피라미드 앞에서의 깨달음을, 빅토리아 폭포와 희망봉에서 했던 나와의 약속을 과거에서 현재로 불러왔다. 다시 이들로부터 멀어지지 않기 위해 글로 꾹꾹 눌러 담았다. 과거와 현재를 구분하는 선을 없애 버리기 위해.

노트북 키보드에 손가락 자국이 선명해질 때쯤 퇴고가 끝났다.

맥주 캔 따는 소리가 방 안에 딸깍 울려 퍼졌다. 원고 제일 앞부분을 한동안 바라보다가 노트 한 권을 꺼내 들었다. 오래전, "니 까짓 게 무슨 휴간데"라는 말에 괴로워하며 펼쳤던 오래된 일기장. 가장 순수하게 꿈꿔 왔던 나의 꿈이 담겨 있는 페이지에 또 하나의 줄을 그었다.

- ~~세계 여행 가기~~
- ~~책 쓰기~~
- 프랑스어 배우기
- ~~패러글라이딩, 번지점프~~, 스카이다이빙 하기
- ~~책 100권 읽기~~
- ~~잊지 못할 연애하기~~
- ~~제주도 한 달 살기~~

에필로그

헤매다 보니 30대,
그럼에도 불구하고

원하던 대학 진학에 실패하고 흐르는 대로, 남이 정해 주는 대로 살았다. 그러다가 미친 척 편도 티켓 하나 들고 한국을 떠났고, 돌아와서는 좋아하는 일을 하겠다며 전공도 버렸다. 4년간의 전력 질주 후 몸도 마음도 아팠다. 도망치듯 제주도로 떠났고, 연고도 없는 대구에서 새 출발을 했다.

단 네 줄로 간략하게 적어 놓은 나의 지난 삶을 돌아보니 내 인생이 편도 티켓 같다. 정해진 것 없이 일단 출발하고 보는. 그리고 원래 자리로 돌아오지 않고 또다시 새로운 곳으로 떠나는. 그 과정에 두근거림과 설렘만 있다면 그건 거짓말이다. 불안하고 두려운 것도 사실이다. 김해공항에서 비행기가 이륙하던 순간, 전공을 버리기로 결심한 순간, 연고도 없는 대구에 짐을 풀던 순간. 나는 설렘과 불안함이 뒤섞인 채로 수많은 점을 찍으며 20 대를 지나 30대에 도달했다. 뒤를 돌아보니 수많은 점이 이어져 하나의 길을 만들어 냈고, 그 결과물이 썩 마음에 든다.

성큼 다가온 새로운 10년을 꽉꽉 채우기 위해 노트를 펼쳐 하고 싶은 일을 추가했다.

- ~~세계 여행 가기~~
- ~~책 쓰기~~
- ~~패러글라이딩, 번지점프 하기~~
- ~~책 100권 읽기~~
- ~~잊지 못할 연애하기~~
- ~~제주도 한 달 살기~~
- 스카이다이빙 하기
- 프랑스어 배우기
- 남미 일주하기
- 오로라 보기
- 직장 밖에서도 생존할 힘을 기르기
- 산티아고 순례길 걷기
- 12월 31일 뉴욕 타임스퀘어에서 새해 맞이하기
- 몽골에서 밤하늘의 은하수 보기
- 파리, 뉴욕에서 한 달 살기

서른 살이 넘은 나이에 철없는 생각으로 보일 수도 있다. 하지만 철없이 살아도 내가 만족할 수 있고 내가 원하는 삶의 모습에 가까워진다면 그걸로 충분하다. 여행 자체가 목적이 아니라 여행에서 배운 것을 실천하며 살아가는 것이 목표이기 때문이다. 은하수로 뒤덮인 몽골 하늘 아래에서 내가 우주 안에 존재함을 느끼고 싶고, 산티아고 순례길에서 인간 '박지윤'과 찐한 대화를 나누고 싶다. 빅토리아 폭포와 피라미드에서 했던 '세계를 넓혀 가겠다'는 다짐을 남미 대륙에서 실행에 옮기고 싶고, 밤하늘을 수놓은 오로라를 보며 또 다른 요정의 동네에 소풍을 가고 싶다. 지구 반대편 파리와 뉴욕에 힘들 때 꺼내 볼 수 있는 행복했던 안식처를 두고 싶다.

만일 더 높아진 현실의 벽으로 인해 이 소망들을 이뤄 내지 못 하더라도 차선책을 찾아 만족해 나간다면 10년 뒤, 20년 뒤 삶을 돌아봤을 때 마음 설레는 날이 참 많았다고 미소 지을 수 있지 않을까.

며칠 전 본가 거실에 누워 엄마에게 말을 툭 던져 보았다.

"엄마, 엄마 딸은 와 이럴꼬. 하라는 결혼도 안 하고 딴짓만 하고."
"니만 행복하면 됐다."
"오호. 그러면 나 아프리카에 또 가도 되나?"
"가라."
"진짜? 연락 안 되고 또 그럴 낀데?"
"살아 있으면 돌아오긋지, 뭐."

머릿속으로 인생을 계획하는 회로를 돌리자, 다가올 한 달도 일

년도 재밌어졌다. 다시 설렘이 피어올랐다. 오래전 그때처럼 계획 없이 편도 티켓만 달랑 들고 떠나진 못해도, 내가 누리고 싶은 행복에 대한 책임을 다하기 위해 인생을 더 열심히 살고 싶어졌다.

다시, 희망은 품고 두려움은 껴안아 보려고 한다.

마산에서 아프리카까지

초판 1쇄 발행 2024년 3월 30일

지은이 박지윤
펴낸이 김수영

경영지원 최이정
교정교열 김민지 **편집·디자인** 김은정 서민지

펴낸곳 담다
출판등록 제25100-2018-2호 │2018년 1월 5일
주소 대구광역시 달서구 조암로 38, 2층
이메일 damdanuri@naver.com
전화 070.7520.2645
인스타그램 @damda_book

ISBN 979-11-89784-42-3 (03810)